Robby Dannenberg
und Anke Stelling

Gisela

Roman

Ammann Verlag

Erste Auflage

Satz: Dörlemann Satz, Lemförde
Druck und Bindung: Tiskarna OPTIMA , Ljubljana
ISBN 3-250-10407-8

Paul

Also, naja, ich heiß Paul, aber eigentlich nur Pa, weil ich mal mit der Mutter von Georg Potzke im Bett war. Sie war besoffen an dem Abend wie ein Tier, und ich total nüchtern, weil ich schon gekotzt hatte. Und plötzlich zieht die mich an ihre Riesentitten mit Brustwarzen so groß wie Untertassen, Mann, als ich die dann gesehen hab, bin ich echt verrückt geworden. Ich wußte nicht mehr, wie alt die ist, hab nur noch reingebissen und dran rumgenuckelt und auf ihre Jeans gespritzt, so verdammt schnell ging das. Sie hat gestöhnt, nee, mehr so geröhrt, wie ein Elch oder so ein Vieh, als ich an ihrer Jeans gezerrt hab, um sie runterzukriegen, und das ging scheißschwer, weil die Jeans zu eng war für ihren Arsch. Sie hat nur dagelegen und geröhrt und nicht mal den Arsch gehoben, als ich am Kämpfen war mit ihrer Jeans, sogar die Augen hatte sie zu, als kriegte sie gar nichts mehr mit, dabei hat sie geröhrt wie ein Tier. Und dann war ich mit meinem Schwanz in ihr drin und hab gestoßen wie ein Blöder und ihren Hals geküßt und ihre Riesendinger geknetet, die warn wie Teig, und sie hat geröhrt und sich nicht bewegt. Aber naß war die wie sonst was. Und gestunken hat sie, ihre Möse war ein einziges Fischgeschäft, und ich mit meinem Schwanz immer voll rein in diese glubschigen glotzäugigen Viecher. Ich hab gleich wieder abgespritzt und in ihre Titten gebissen, und sie hat geschrien und mich weggedrückt, und ich sitz dann zwischen ihren Beinen und guck sie an, und sie hat die Augen zu und sagt nichts und rührt sich nicht mehr.

Ich bin dann abgehauen und rein zu Georg ins Zimmer, der schon seit ner Stunde tot in seinem Bett lag, weil er genausoviel getrunken hatte wie seine Mutter, aber noch nicht halb soviel verträgt. Also ich frag mich heut noch, ob sie gekommen ist oder ob sie geschrien hat, weil ich sie gebissen hab. Hab sie noch paar Mal gesehn seitdem, aber wir haben uns nicht in die Augen gesehn dabei, also vielleicht haben wir uns dann doch nicht gesehn.

Na, und Georg konnte seine Alte sowieso nicht leiden, außer daß sie ihm ab und zu was vom Fusel abgab, wenn sie schon besoffen war, er und sie hatten einfach nicht viel Kontakt gehabt, und er ist dann sowieso paar Monate später ausgezogen. Und alle wußten es schon, und als Georg es auch mitgekriegt hat, hat er keine große Sache draus gemacht. Mit mir hat er gelacht drüber, und ihr hat er irgendwann später paar ins Maul gehaun, als sie sich auf der Straße trafen. Sie soll geheult haben, aber sie heult sowieso den ganzen Tag und will nur erreichen, daß man Mitleid hat mit ihrem Alkoholproblem, sagt Georg.

Scheiße, er war mir überhaupt nicht böse deshalb. Oder daß er es eklig fand, überhaupt nicht. Er sagte nur, wenn sie jemandem Spaß gemacht hat, dann ist es gut, zu was anderem taugt sie eh nicht mehr. Na, jedenfalls hab ich so meinen Namen gekriegt, Pa. Wegen Paul, und weil die Mama mit dem Papa bumst. Also, ich bin nicht stolz auf diesen Namen, und wenn mich einer fragt, sag ich, das kommt von Paul, und mehr nicht.

Ich hatte erst einmal vorher gefickt, und das war so richtig romantisch gewesen, mit Kerzen und langer Küsserei vorher, und dann gleich so was. Als ob man aus der Sauna kommt und ins kalte Wasser springt, von hundert Grad auf zehn oder so. Soll ja ganz gesund sein, aber zwischen gesund und gesundem Leben besteht ja vielleicht noch ein Unterschied.

Wenn ich Sanne gefickt hätte wie Georgs Mutter, dann wär sie vielleicht nicht gleich die nächste Woche bei mir aufgetaucht und hätte gesagt, daß sie jetzt mit nem Andy oder Candy geht. Ich dachte, die Mädchen stehen auf Kerzen und sanft und so. Aber dieser Candy ist Türsteher, und vielleicht fickt er sie in den Arsch, und ich wußte einfach nicht, daß sie auf so was steht. Kommt sie einfach zu mir und sagt: »Ich geh jetzt mit Andy.« Oder Candy oder so. Ich hab mich die ganze Zeit drauf gefreut, daß sie endlich kommt, und dann kommt sie und tritt mir in die Eier und rammt mir ein Messer in den Bauch.

Hinterher hab ich mir gedacht, vielleicht hätt ich noch ne Chance gehabt, wenn ich sie einfach auf den Boden geschmissen und ihn reingesteckt hätte. Georg und vor allem Frank sagen sowieso, ich bin zu romantisch, und ich weiß nicht mal, ob sie recht haben. Gefickt haben sie jedenfalls schon ne Menge. Ich hab ehrlich gesagt erst mit dreien gefickt, und morgen werd ich 21, und ich wünsch mir manchmal, ich hätte Gisela nie gefickt, obwohl ich dann eigentlich noch ne halbe Jungfrau wär.

Also, Sanne war ne klasse Braut gewesen, riesenlange Beine und riesig blonde Haare und das Gesicht von Madonna und Sharon Stone. Ich weiß ehrlich gesagt nicht, was die an mir gefunden hat. Ich mein, ich seh nicht so schlecht aus, ich bin nicht dick oder so und hab nicht viele Pickel oder ne Scheißbrille, und Gisela hat gesagt, ich bin hübsch, aber wahrscheinlich war ich einfach der Hübscheste, den sie je gehabt hat.

Also, ich hab ganz gut geredet mit Sanne, und nach der Party ist sie mit zu mir gekommen, und jeder auf der Party und meine Freunde wollten dann hinterher wissen, wie es war, und ich hab gesagt, es war okay, mit nem Gesicht hab ich das gesagt, als hätt ich jeden Abend eine wie Sanne im Bett und als wär alles, was damit zusammenhängt, zu selbstverständlich, um drüber zu reden. Es war ne klasse Show im Prinzip, und ich hab davon genau eine Woche profitiert, dann fühlte ich mich als der letzte Idiot vor jedem, der mich nach ihr fragte.

Sanne hatte keine Titten. Und nen Arsch wie ein Junge, klein und fest. Die meisten Models sehn aus wie Sanne, obwohl ich im Bett schon lieber was richtig zum Greifen hab. Sie war außerdem noch groß, hatte riesenlange Beine, und wenn ich heute an ihr schönes Gesicht denk, lieg ich in meinem Bett und spritz in meine Hand und stell mir vor, daß meine Hand ihr Mund ist, und es gibt keine, in deren Gesicht ich lieber kommen würde, weil's einfach nichts Geileres gibt, als in so ein schönes Gesicht zu kommen. Leider bin ich in dieser Nacht nicht in ihr Gesicht gekommen. Es war überhaupt ne ziemlich langweilige Sache. Ich hab halt lange an ihr rumgemacht, und als ich es dann wirklich nicht mehr aushalten konnte, hab ich ihn ihr reingesteckt und bin blöderweise nach paar Stößen gekommen. Dann wollte ich's noch mal machen, diesmal richtig, aber sie hat sich zur Seite gedreht und gesagt, daß es okay war und sie müde ist und auch zuviel getrunken hat. Ich hab sie dann noch bißchen gestreichelt und sie paar Sachen gefragt, aber sie hat schon geschlafen oder so getan, jedenfalls war ich ziemlich verknallt in sie, obwohl's ne Enttäuschung gewesen war.

Sie hat nicht gewußt, daß ich Jungfrau war, vielleicht wär's anders gewesen, wenn ich's gesagt hätte. Aber ich bin froh, daß ich nichts gesagt hab.

Ich weiß jetzt, daß sie ne Schlampe ist. Georg hat sie irgendwann auch gefickt, und er kennt noch ne Menge andrer, die das auch getan haben. Aber für ne Schlampe hatte sie wirklich nicht viel drauf. Man sollte eigentlich alle vor ihr warnen.

Gisela sah wie ne echte Schlampe aus. Blondgefärbte Haare, wo das Schwarz schon durchguckt, bißchen viel Fett am Kinn und ne Brille, dazu ziemlich große Titten und breit unten, aber das war's nicht, weshalb sie wie ne Schlampe aussah. Sondern um die Augen rum sah sie einfach zu dumm aus, und immer hatte sie den Mund offen, als wollte sie sagen: Ich bin leider dämlich, aber ihr könnt mich trotzdem anfassen.

Und sie ging wie ein Trampel vom Dorf, wie ein Männertrampel wohlgemerkt, dabei war ihr Arsch richtig okay, und sie hätte ihn schwenken können beim Gehen, aber sie ging wie ein Kerl. Naja, stimmt beides nicht, richtig dämlich war sie nämlich nicht, und anfassen ließ sie sich auch nicht von jedem. Sie sagte zu mir, außer ihrem Mann hätte sie noch nie jemand angefaßt. Das sagte sie, als ich ihre Titten in der Hand hielt und sie mir einen runterholte. Wir saßen nebeneinander auf der Couch. »Du kannst mich nicht ficken«, sagte sie, »ich bin nämlich verheiratet.«

Ich war mit Georg einkaufen gewesen, und als wir an der Kasse standen, hatte er vor den Augen der Kassiererin drei Schachteln Zigaretten eingesteckt. Sie hatte ihn angesehen dabei und weiter das Bier eingetippt.

»Du kannst kommen heute abend«, sagte er beim Bezahlen zu ihr, »ich mach ne Party«, und sie hatte genickt und das Geld in die Kasse sortiert. Draußen hatte Georg gesagt: »Das war Gisela.« Mehr nicht.

Und am Abend sagte er mir: »Vergiß es. Die läßt sich nicht knallen. Die sieht nur so aus, als ist sie für jeden. Aber die ist nur für ihren Alten.«

Also setz ich mich neben sie hin und belaber sie den ganzen Abend und sag ihr, daß ich traurig bin und sie mich zum Lachen bringt und so weiter. Und Georg grinst, und ich beachte ihn nicht und Sanne noch weniger, die irgendwann kommt und kalt zu mir nickt und dumm rumsteht. Die steht natürlich nur ne Sekunde so rum, dann seh ich sie schon mit einem tanzen. Ich bin am Ende soweit, daß ich Gisela sag, ich möcht sie küssen, und sie lacht und zeigt mir nen Vogel und bleibt trotzdem sitzen neben mir.

Und sie saß auch noch da, als alle schon schliefen oder weg waren oder im Nebenraum fickten. Auch Sanne war im Nebenraum verschwunden, immerhin allein, aber was hieß das denn. Ich hatte nen Ständer und legte mir Giselas Hand drauf und sagte: »Ich mein es ernst.« Jetzt wollte sie wirklich gehen, aber ich hielt ihre Hand fest und küßte ihren Hals und war einfach stärker als sie.

Ich hab dann bestimmt nen halben Meter hoch gespritzt, und sie wischte sich die Sahne von der Hose und sagte: »Du bist süß«, und guckte mich lange an durch ihre Brille hindurch und war irgendwie traurig beim Gehen und lachte. Naja, immerhin war ich gekommen, und zu Georg hab ich gesagt: »Sie hat's mir gemacht, du Arsch.«

»Mann, die Frau des Jahres hast du dir aber nicht rausgesucht«, hat er gesagt, und ich hab gesagt: »Komm du erst mal an solche Titten ran.«

Es war nicht schlecht, in die Hand von einer zu kommen, die sonst keinen ranläßt, das macht das Fett und die Brille im Gesicht wieder wett, fand ich.

Frank hatte zu der Zeit ne Freundin und war das erste Mal richtig verliebt oder so, seit ich ihn kannte. Sie hatte mal was von Heiraten gesagt, als ich und noch andere bei Frank waren, und Frank hatte nichts gesagt darauf, das fand ich schon komisch, weil jeder von uns weiß, daß Heiraten nur was für die Weiber zum Absichern ist und daß so was für uns nie in Frage kommt.

Und Frank guckt mich nicht an, und ich lache plötzlich und gehe dann pissen, ohne zu sagen, warum ich gelacht hab, obwohl mich alle angestarrt haben. Wenn ich ein Prinzip habe, dann ist das Freiheit, und niemandem bin ich was schuldig und jeder ist für sich selbst verantwortlich und so weiter. Das mein ich, wenn ich Freiheit sage, und deshalb bin ich aufs Klo gegangen und hab vorher gelacht.

Mann, Gisela war eine, die war total unfrei, die dachte bei jedem Schritt an ihr Kind und an ihren Mann. Einmal die Woche war das Kind bei ihren Alten, und sie konnte tanzen oder Freundinnen besuchen, aber selbst dann hatte sie nichts Besseres zu tun, als von ihrem Kind zu reden, ihr Kind, ihr Kind, ihr Kind, ich weiß nicht mal mehr den Namen, hab ihn vergessen, weil es mich so genervt hat, verdrängt oder so. Auch als sie mir einen runtergeholt hat, wurde ich das Gefühl nicht los, daß sie jetzt zwar aufgehört hatte, vom Kind zu reden, aber daß sie wohl noch dran dachte, und ich mußte an was anderes denken, sonst wär ich garantiert nicht gekommen. Aber dann. Mann, wie die Sahne in die Luft gespritzt ist und auf ihre Hand und meine Hose und bißchen was auch auf ihre Hose, sie hat es gleich weggewischt, als würden sonst Brandflecken entstehen oder so was, dabei ist mein Sperma absolut unbrennbar.

Sie arbeitete also in diesem komischen Supermarkt, und ich ging mal vorbei und steckte mir paar Zigaretten ein. »Hi«, sagte ich. »Hast du heute abend was vor?«

»Ich hole Stefan um fünf vom Kindergarten ab«, sagte sie viel zu leise und tippte meine Cola in die Kasse. »Und mein Mann ist da. Aber vielleicht sollten wir überhaupt mal reden miteinander, ich will nämlich nicht, daß du jetzt irgendwas denkst, ich meine, das war ne Ausnahme, ich war betrunken gewesen, verstehst du, das darf niemand wissen.«

»Also ich ruf dich heut abend mal an«, sagte ich und packte meine Cola ein.

»Nein«, rief sie, »ich hab dir doch gesagt, mein Mann ist da!«

Natürlich hab ich sie dann angerufen, und sie hat mir noch mal gesagt, daß wir uns nicht wiedersehen könnten, und ich denke, genau deshalb war ich dann noch paarmal im Supermarkt. Ich hab mir immer was eingesteckt, Zigaretten oder so, um einen Grund zu haben hinzugehen, aber natürlich saß mein Grund hinter der Kasse und guckte dumm hinter der Brille vor, wenn ich wieder ankam.

Zwei Wochen später hab ich sie dann gefickt. Ich hatte echten Ehrgeiz entwickelt, sie richtig flachzulegen. Sie war nicht so viel älter als ich, paar Jahre. Ich kriegte es irgendwie nicht auf die Reihe, daß so ne bebrillte Tussi Marke vernachlässigter Hausfrau nicht scharf drauf sein sollte, sich mal außer der Reihe flachlegen zu lassen, und ich meine, so die Masse Angebote dazu kriegte sie auch nicht, konnte ich wetten.

Sie kam also, weil ich ihr was erzählt hatte am Telefon von wegen unfair und so und daß ich wenigstens mal richtig mit ihr sprechen müßte und so weiter, dieser ganze Schmus, der bei den Weibern ja ziehen soll, und bei ihr zog er wirklich. Sie saß neben mir auf meiner Matratze, weil ich nur einen einzigen Stuhl hab und ansonsten nur ne Matratze, und wenn einer im Stuhl sitzt und der andre nicht, hab ich gesagt, dann ist das scheiße, dann ist das irgendwie nicht gut, hab ich zu ihr gesagt. Sie saß also neben mir auf der Matratze, aber nen Meter weg von mir, und ich machte bißchen auf traurig, auch ne geile Masche bei den Weibern, weil die irgendwie auf traurige Kerle stehen, frag mich nur keiner wieso. Und dann hab ich ihr zugehört, als sie von ihrem Balg erzählt hat, was noch ne Masche ist, immer zuhören und ab und zu nicken und ernst gucken, so was kommt super, wenn man auf Interesse macht und nichts weiter sagt. Und sie hat nicht ein einziges Mal von ihrem Mann erzählt, das fand ich schon mal klasse, und als ich sie dann geküßt hab und sie hat sich nicht gewehrt, da wußte ich, daß ich sie ficken konnte.

Und sie sagte, daß sie sich selbst nicht verstünde, und ich hab sie gefickt, und alles, was sie sonst noch sagte, hab ich vergessen. Sie hat sich irre viel bewegt unter mir, so mit Kratzen und so, und ich hatte das Gefühl, daß sie fast gekommen wär, wenn ich es länger gemacht hätte, aber dazu fand ich es viel zu geil mit ihren großen Titten in meinem Mund. Sie hatte Nippel, die so richtig weit rausstanden, normalerweise steh ich da nicht so drauf, aber die konnte man gut zwirbeln, so zwischen den Fingern rollen, das hat sie echt verrückt gemacht, sie hat mir übern Kopf gestreichelt, als ich gekommen bin, und sie hat am lautesten gestöhnt, als ich gekommen bin. Dann hat sie sich gleich angezogen und an der Tür gesagt, daß sie so was noch nie gemacht hätte, und ich hab genickt und die Hand gehoben, als sie gegangen ist, so in der Art von: Ich hab das schon tausende Male gemacht. Und erst als ich kurz vorm Einschlafen schon wieder nen Ständer hatte, dachte ich, daß sie ruhig hätte noch bißchen dableiben können.

Um mich rum wohnen ne Menge spießige Wichser. Ich würd oft gern rausgehn auf die Straße und jedem einkaufstaschentragenden fetten fernsehguckenden autoputzenden Unterhemdwichser paar aufs Maul hauen. Und ich stell mir manchmal vor, ich wohn in ner Burg, und die Bauern haben alle Schiß vor mir und wollen nur sofort abhauen, wenn sie mich sehen, aber ich bin schneller. Und mein Arm ist ein Schwert, und mein Bier ist mein Pferd, und diese Scheißbauern sind sowieso behindert, weil sie mit ihrer Mutter und ihrer Schwester ficken, und sie denken, es bedeutet was, wenn ich komme und ihnen in die Eier trete, dabei sind sie nicht wichtig, und ich mache das nur, weil ich Spaß will und frei bin, aber davon haben die noch nie was gehört.

Naja, Gisela kam dann regelmäßig vorbei, und sie fand es nicht schlecht, wie ich so lebte, die Matratze mein ich und nur nen einzigen Stuhl und so ohne Verpflichtung. Sie hat mal gesagt, daß ich frei bin, und das gehört zu dem bißchen, worin sie mal recht hatte, denn wenn ich was bin, dann ist das frei.

Die meisten, die absolut meisten Leute denken, sie müssen irgendwas Anstrengendes tun, dabei ist das getrocknete Scheiße. Das einzige, was ich vorm Sterben muß, wenn ich es rauszögern will, ist essen und trinken und scheißen und atmen, aber mehr auch nicht. Aber das kriegen die meisten Leute eben nicht in ihren Schädel, oder sie wissen das und finden deshalb, daß man uns erschießen sollte oder so was, die wissen garantiert genau, daß sie da was falsch machen, aber das müssen sie verdrängen, und deshalb ist jeder scheiße, der ihnen das Gegenteil vormacht, das ist ziemlich klar.

Naja, Gisela fand das jedenfalls gut, wie ich lebe und so, und das hatte ich eigentlich nicht erwartet, daß so ne Hausfrau, die garantiert dreimal am Tag die Fenster putzt, so was gut finden kann, wo ich doch meine Fenster noch nie im Leben geputzt hab, das wär auch das Blödeste, was ich mir vorstellen kann.

Jetzt bin ich mit einer zusammen, die singt, wenn wir ficken, ansonsten macht sie keine Geräusche, nicht mal beim Essen. Wenn sie auf Trip ist, fängt sie an zu reden, ansonsten liegt sie nur stumm da oder läuft die Straße lang wie eine, der man ein Messer in den Rücken gesteckt hat, und gemeinsam mit dem Tod sucht sie nach der Polizei, so läuft sie die Straße lang. Ich hoffe trotzdem immer, daß sie wiederkommt, und dann liegt sie neben mir, und ich weiß nicht, was los ist, wegen dem Schweigen und meiner Warterei und so und wegen dem Scheißgefühl, daß ich immer weniger Bescheid weiß, je älter und so. Und ich hoffe bloß nicht, daß ich mal wie alle Wichser sonst so vor meiner Glotze sitze und glaube, daß es was bedeutet, wenn in der Glotze jemand flennt.

Die Sache mit Gisela ging so drei, vier Monate, dann packte sie bei sich zu Hause ihre Klamotten und nahm ihren Balg und zog zu ihren Eltern zurück. Die hatten irgendwie ihren Schwiegersohn nie richtig leiden können und waren froh drüber, daß ihr Töchterchen zurückkam. Die sagten ihr dauernd, daß sie das gleich gesagt hätten und daß man immer wieder erlebt, daß Kinder erst erwachsen werden müssen, bevor sie sehen, daß die Eltern eigentlich immer recht haben, wegen dem Alter und der Erfahrung und so. So nen Scheiß mußte Gisela sich da dauernd anhören, und das alles wegen mir.

Naja, nicht wirklich wegen mir. Aber irgendwie schon, weil ich statt zu schlagen lieber rede und so Sachen. Ich mußte ja immer erzählen, weil sie dauernd nichts sagte, ihr Macker hat nicht mehr so viel zu ihr gesagt, das war ein Arschloch ohne Seitenränder. Ein enormes Arschloch, nicht wegen dem Nichts-Sagen oder weil sie von mir das erste Mal gut gefickt worden war, sondern weil er sie schlug. Ich schlag keine Frau, das machen nur Waschlappen, die auf der Straße früher immer paar ins Maul gekriegt haben und die jetzt das alles auslassen an ihrer Alten und auf der Straße mit den Fäusten in den Taschen gehen, und zu Hause ist dann das Essen nicht fertig und sie holen die Faust raus, wenn sie denn schon mal geballt ist. Wäre ja sonst Verschwendung, ist doch logisch, nicht?

Ich hab keinen Freund, der sein Mädchen schlägt, und Frank muß man sehen, der kann schlagen, wenn er will. Aber er schlägt keine Frau, und ich auch nicht, nicht mal vor Wut oder so. Mein Vater, das Arschloch, hat meine Mutter verprügelt, bis ich gesagt hab, ich erstech ihn das nächste Mal in seinem Bett. Er bräuchte es nur noch einmal tun. Das fand er lustig und sagte, dann soll ich mir mal Arbeit suchen. Hat er aber falsch gedacht, ich krieg Sozialhilfe vom Scheißstaat, und damit geht's mir gut. Bloß meine Mutter muß jetzt nett zu ihren Eltern sein, damit die ihr jeden Monat genug Geld überweisen, und sie ist ziemlich angestrengt davon. Sie war immer stolz gewesen auf die Familienglückfassade, und plötzlich ist die Fassade futsch, und sie muß betteln gehen, weil sie immer nen Direktoren-Mann gehabt hat und nichts kann außer Kaffee kochen und in Zeitschriften blättern.

Bevor er endgültig ging, hat das Arschloch bei ihr noch mal richtig hingelangt, sie hatte nen gebrochenen Arm, keine Ahnung, wie er das gemacht hat, meine Mutter hat's mir nicht gesagt. Im Prinzip hat meine Mutter ja kaum noch ein Wort zu mir gesagt, sie findet, daß ich an allem schuld bin.

Aber ich will auch nichts mehr mit ihr zu tun haben, weil ne Frau, die sich schlagen läßt und das auch noch okay findet, mit so einer will ich nichts zu tun haben, schon gar nicht, wenn's die eigene Mutter ist, und erst recht nichts reden will ich mit so einer.

Gisela jedenfalls ist wieder zu ihren Eltern gezogen mit dem Balg, und wir sahen uns dann eigentlich ständig, so fünfmal die Woche. Ich hab ihr nicht gesagt, sie soll zu ihren Alten zurückziehen, das hat sie selbst gemacht. Ich hab nur danach gesagt, daß das gut ist, besser jedenfalls als bei dem Kerl zu bleiben, der sie schlägt. Aber sie ist nicht wegen mir zu ihren Alten gezogen, damit hatte ich nichts zu tun.

Wir haben mal nen Supermarkt ausgeraubt, Georg und ich und noch paar andre, Frank war auch dabei, obwohl ich mit ihm inzwischen kaum noch Kontakt hab. Wir sind da reingegangen, als wär's ein Kino oder ein Museum oder so, und haben uns einfach bedient, das, würde ich sagen, gehört zu den geilsten Sachen, die ich überhaupt je gemacht hab. So da drin zu stehn und überall zuzugreifen, wo man will, und je teurer, desto besser, da kommt man sich vor, wie Gott sich vorkommen muß oder so. Champagner hab ich getrunken zum Beispiel oder diesen Scheißlachs gefressen, der wie schlechter Fisch schmeckt, obwohl ich dafür zwei Stunden arbeiten müßte, für so nen Scheißlachs, so nen schlechtgewordnen Fisch. Und besoffen warn wir in ner Viertelstunde, ich meine, wir warn schon vorher besoffen, bevor wir da reingegangen sind, aber das dann, das war kein Vergleich, man steht schließlich nicht jeden Tag in so ner Bude und kann sich bedienen an dem, was Gott sonst in ner Sekunde so in sich reinschaufelt. Wenn Gott überhaupt was schaufeln muß, dann dieses geile Bratenzeugs, was eingeschweißt ist wie ein Scheißtresor und schmeckt, als wär's vor ner Stunde im Bratofen gewesen, so geil ist das, das wär was für Gott, wenn's ihn denn geben würde.

Dann würde Gott ja fressen, was wir Menschen für ihn gemacht haben, also ich finde, das ist keine schlechte Idee. Hab sie noch nie in nem Buch gefunden. Sollte das eigentlich mal aufschreiben in nem Buch und an hundert Verlage schicken, Titel: »Wie wir Gott füttern« oder so, und wenn sich dann fünf von hundert Verlagen um die Rechte schlagen, bin ich wahrscheinlich Millionär, bevor ich Brot sagen kann. Aber Gott gibt's jetzt leider nicht, und nur noch so paar Alte glauben an den Scheiß, und wenn die tot sind, wird auch keiner mehr mein Buch kaufen, Scheiße. Also da fick ich doch lieber noch paar tittentragende Fischgeschäfte, finde ich, und kann mir die Mühe mit dem Buch sparen, auch gut.

Also, wir standen in diesem Supermarkt und waren sturzbesoffen und haben dann alles angefressen, was anzufressen war, und die Sachen, in die man nicht beißen konnte, die haben wir kaputtgeschlagen oder durch die Luft geworfen, oder wir haben drauf geschissen. Auf teure Lebensmittel zu scheißen, das ist ein absolut wahnsinnig gutes Gefühl. Ich glaube, das war so ziemlich das geilste, was ich je gemacht hab, natürlich abgesehen von Giselas Arsch, wenn ich den gefickt hab, das war auch geil, absolut geil, mein ich.

Wir haben überhaupt gefickt, was das Zeug hielt. Geredet weniger, aber einmal hat sie mir gesagt, daß er immer nur seine Aggressionen bei ihr abreagiert, wenn's ins Bett geht. Da gab es keine Küsserei oder so, ihr Macker zog die Schlafanzughose runter und dann rein in die Luke, und wenn er fertig war, sagte er nicht gute Nacht, so hat sie's mir gesagt.

Ich hab sie schon ziemlich oft geküßt. Wir waren auch immer ganz ausgezogen dabei, und ab und zu kam sie, nicht oft, aber paarmal schon, und dann hat sie immer geheult, und ich hab sie gefragt, warum sie heult, und sie hat gesagt, weil's schön ist.

Ich hab mal gedacht, sie hätte Künstlerin werden sollen oder so, weil sie so empfindsam ist, aber dann hab ich wieder gemerkt, daß das Quatsch ist, weil sie auch so abgestumpft sein kann wie ne echte Pennerin und eigentlich alles mit sich machen läßt, sogar schlagen, was ich natürlich nie gemacht hab, aber ich meine, ne Pennerin ist keine Künstlerin, und sie war ne Pennerin die meiste Zeit.

So die ersten Male, nachdem sie mir auf der Party einen runtergeholt hatte, hat sie mich ziemlich überrascht. Da war keine Hausfrau bei mir. Das war ne geile Schlampe, ne Nymphomanin, eine »Machs mir gut und ich mach alles für dich«-Hure. Aber dann konnte sie wieder daliegen danach und nichts sagen und richtig schön gucken, ja, manchmal im Bett sah sie richtig schön aus. Sie hatte da meistens die Brille ab.

Manchmal kam's mir vor, als hielt sie unsre Treffen und das Ficken und so für nen Film, in dem sie die Hauptrolle spielt, und weil alle Frauen eigentlich am liebsten Filmstar sein wollen, benimmt sie sich wie ne Sexgöttin und ne Mutter und ne von Todesgefahr bedrohte heimliche Geliebte, und dabei war sie doch ne Hausfrau vom Typ her, aber das konnte sie einem ziemlich gut verbergen, wenn sie da war. Und deshalb hab ich schon immer wie ein Idiot auf sie gewartet.

Sie konnte zum Beispiel die Beine vor mir breitmachen und den Slip zur Seite schieben und dann ihre Schamlippen auseinanderziehen, und dabei konnte sie grinsen, als wär sie nur ne Drecksschlampe und keine Frau, und ich sah genau in ihre rosa Öffnung, und manchmal find ich das eklig, aber bei ihr fand ich es geil.

Oder ich hab ihr zugeschaut, wie sie gepißt hat. Sie geht aufs Klo und ich merk, daß sie den Wassereimer vergessen hat, bei mir auf dem Klo gibt's nämlich kein Wasser, und ich hab kein Geld, das Rohr ganzmachen zu lassen. Also ich geh ihr nach mit dem Eimer und klopf an, naja, so bin ich erzogen, und ich hör nichts, und dann sagt sie: »Komm rein.« Und ich geh natürlich rein, und da sitzt sie auf der Schüssel und grinst wie ne Prinzessin, der man gesagt hat, daß der Prinz nackt im Bett liegt oder so. Ich frag, ob sie pißt, und sie sagt: »Ich denke«, und steht auf und zeigt es mir. Und ich seh, wie es aus ihr rausläuft, eigentlich mit ziemlichem Druck, und ich halte ihr meinen Finger zwischen die Beine, und ihre Pisse ist ziemlich heiß, und ich greif ihr an die Möse, und die Pisse verteilt sich über meine ganze Hand und läuft meinen Arm runter, und ich steck ihr dann meinen heißen Finger in die Möse, und sie hört auf zu pissen und sagt, ich soll sie ficken und ficken und ficken und nicht mehr aufhören damit.

Ich hab ihr mal gesagt, sie soll sich selbst befriedigen, aber da hat sie gesagt, das kann sie nicht. Sie hat's noch nie gemacht, und es würde nicht gehen bei ihr, sie weiß nicht, wieso. Das fand ich komisch, aber ich hab sie in Ruhe gelassen damit, sie war so klasse im Bett, daß ich darüber gar nicht weiter nachgedacht hab. Aber als ich mal nach Hause kam, und sie war schon da, irgendwie hatte ich die Tür offengelassen, das passiert mir manchmal, daß ich die Tür offenlasse, weil ich sowieso nichts Wertvolles in meiner Bude hab, man soll sich an nichts festhalten, das ist meine Meinung, und Eigentum ist immer Festhalten und sinnloser Quatsch also, jedenfalls kam ich nach Hause, und da lag sie schon in meinem Bett. Sie lag nackt auf der Decke, und als ich die Tür aufmachte, hatte sie die Hand zwischen den Beinen und rieb sich. Sie hat die Hand sofort weggezogen, aber da war es zu spät, und ich hab gesagt: »Du machst es dir selbst!«

Und dann hab ich ihr zugeschaut und sie nebenbei gefickt, und sie ist gekommen und konnte mir nicht erklären, wieso sie das nicht zugeben konnte, daß sie so am besten kommt und es sich selber macht. Frauen sind da oft komisch, das wußte ich schon, aber bei ihr fand ich es besonders komisch. Aber eigentlich würd ich nicht sagen, daß ich Gisela je verstanden hab, so ganz verstanden, mein ich.

Jedenfalls konnte das nicht endlos so gehen. Das war uns klar, mein ich, ihr ja auch, denk ich. So was geht nie lange, nur ficken und sonst nichts, ich hab's zwar nicht gesagt, aber sie wußte das. Und ich hab ihr auch nicht gesagt, sie soll zu ihren Alten zurückgehen.

Ich hätt sagen können, sie soll ihren Macker verlassen, aber erstens hab ich das nicht, und zweitens hätt ich auf keinen Fall gesagt, geh zu deinen Alten zurück. Ich weiß, wie es bei den Alten ist, ich hätte das nicht gesagt.

Aber sie ist zu ihren Alten gegangen mit dem Kind, und sie war von da an ständig bei mir, ist ja logisch, wenn man bei den Alten wohnt, hat man eigentlich kein Zuhause. Und ständig dieses Gerede von dem Kind, als gäb es nichts Wichtigeres, und ihr Kind hier und ihr Kind hier und ich konnte ihr Kind nicht leiden. Und immer wollte sie erzählen, wie er spricht und wie er schon Zahlen kennt und daß sie ihm jetzt wahrscheinlich fehlt und daß ihre Mutter nicht richtig umgeht mit ihm, und dabei, mein ich, war es Zufall, daß sie gerade dieses Kind hat, und keine Tochter und kein behindertes Kind, und vielleicht wird es ein Killer oder ein fieser Bulle und sie wird mal heulen, weil sie es auf die Welt gebracht hat, aber an so was dachte sie natürlich nicht.

Und das Ficken war natürlich schön, ich mein, das war super, aber irgendwie dachte sie plötzlich, miteinander ficken bedeutet, daß man seine Freiheit aufgibt, und da war sie nun wirklich bei dem Falschen gelandet, und wenn sie das nicht gewußt hat, tut es mir leid, aber ändern will ich es nicht. Plötzlich nämlich fängt sie an, eher so allmählich, aber plötzlich ist es mir bewußt geworden, sie fängt also an, Süßholz zu raspeln. Das hat meine Lehrerin so genannt, wenn ich ihr sagen wollte, was für nen geilen Arsch sie hat und wie gern ich den mal anfassen würde, aber ich hab ihr dann nur gesagt, daß ich ihren Unterricht mag, und sie hat gesagt, ich soll mal nicht so Süßholz raspeln, das hat sie gesagt und hinreißend dazu den Kopf geschüttelt und gelächelt. Mann, die war damals höchstens 25 oder so, Frosch von der Scheißuni, von der hat noch jahrelang jeder bei uns geschwärmt.

Jedenfalls, Gisela fängt also plötzlich an, Süßholz zu raspeln, und ich fand das ja noch ganz lustig damals, weil, naja, weil ich ja noch nicht wußte, wieso sie das tat.

Ich hab mir einfach nichts gedacht dabei. Ich mein, Gisela hatte nen geilen Arsch, so ganz ohne Haare und so, ihre Haare fingen erst bei der Möse an, daran hab ich die meiste Zeit gedacht, und damit hatte ich schon genug zu tun, mein Kopf ist keine Maschine, ehrlich gesagt. Ich hab ihr zuerst den Finger reingesteckt, da ging sie schon ab, dann den Schwanz und später die Zunge rein in ihr Arschloch, und wenn ihre Muskeln so gezuckt haben, da wußte ich, daß ich jetzt spritzen konnte. Sie kam immer in ihren braven Hosen und dem gelben Wollpulli, den sie selbst gestrickt hatte. Der Witz war ja, als ich mal gesagt hab, ich geh noch kurz weg, sie soll aber warten, da hat sie sogar Strickzeug rausgeholt und zu stricken angefangen. »Ein Jäckchen für den Kleinen«, hat sie gesagt, keine Jacke, ein Jäckchen, Scheiße, aber egal.

Jedenfalls, und dann zog sie immer ihre »Ich bin eine nette Mutter und Kassiererin«-Kluft aus, und drunter hatte sie so durchsichtige Höschen an und nen roten BH und Strapse dazu, und ich hab sie fünfmal in fünf Stunden gefickt und mir noch einen runtergeholt, wenn sie weg war. Einmal hatte sie ihre Regel, und wir haben gefickt, weil mir das egal ist, und dann wollte sie sich waschen, aber ich hab sie nicht gelassen, ich hab sie abgeleckt, ihre Beine, ihren Bauch, alles, und dann hat sie mich abgeleckt, hat mich bis auf den Arsch geleckt, und ich hab sie noch mit meiner Sahne in den Mund belohnt. Wieso sie so ein Treffer war, keine Ahnung.

Ich leg mich mal an Giselas Brust, sie hält mich wie nen Säugling, und mir gefällt es, sie schaukelt mich sogar bißchen, bis mir einfällt, daß sie jetzt wohl denkt, mir könnte meine Mutter fehlen, dabei hätt ich es gern, wenn ich nie ne Mutter gehabt hätte. Also ich mach mich los von Gisela und sag, daß ich nicht ihr kleiner Balg bin, das soll sie sich merken, ich bin fast wütend, aber mehr so auf mich.

Und ich hab ihr trotzdem nie gesagt, sie ist was Besonderes, oder es wär was für länger. Oder ich wüßte gar nicht, was ich so lange ohne sie gemacht hätte, oder irgend so nen Scheiß, so was hab ich ihr nie gesagt, weil ich doch genau weiß, wie gern man so was hört. Und es bedeutet rein gar nichts, weil man die Zukunft ja nicht kennt, und alles, was man sagen will, im Bett oder so, das ist ja was über die Zukunft, weil wenn man sagt, es ist schön mit dir oder so, will man das Schöne ja festhalten, und dabei kann man gar nichts festhalten, am wenigsten so was Eingebildetes wie Liebe. Man denkt so was nur am Anfang oder wenn man immer dummes Schwein hatte im Leben oder wenn man dumm ist. Ich hab nie dummes Schwein gehabt, und dumm bin ich auch nicht, ich hab Gisela so was nie gesagt.

Ich denk manchmal, ich hätt ihr sagen sollen, sie soll so was nicht sagen, ich hätt ihr gleich beim ersten Mal sagen sollen, halt's Maul, so was will ich nicht hören, weil's dumm ist. Na gut, sie war bißchen dumm, aber sie hätt's trotzdem verstanden, denk ich. Ich hab manchmal gedacht, sie ist eigentlich gar nicht so dumm, aber dann war sie's trotzdem.

Ich hatte mal Flöhe im Bett, in der Matratze, mein ich. Da hab ich die Matratze umgedreht und das Spannbetttuch einfach andersrum wieder draufgemacht, nachdem ich es gewaschen hatte, und danach hat mich kein Scheißfloh mehr gestochen. Gehen tut das natürlich nur, wenn man nichts weiter hat im Zimmer, keine Teppiche oder Plüschsofas oder so Zeug, mein ich, und so was hab ich nicht und will's auch nie haben.

Man kann keinen festhalten, der denkt, daß er in der Scheiße sitzt und da unbedingt raus will und rausrennt aus der Scheiße. So einem kannst du nicht sagen: He, mach mal langsam, renn nicht, du kommst schon raus, aber renn nicht, weil sonst rutschst du noch aus und landest mit dem Gesicht wieder voll drin in der Scheiße, oder du brichst dir sogar noch was. So was kannst du keinem sagen, der in der Scheiße drin sitzt.

Georg und ich warn bei nem Scheißfußballspiel, und da war so ne blonde Tussi, und ich denk, was will die denn auf so nem Scheißfußballspiel, wenn sogar wir uns langweilen. Und die war auch nicht mit nem Typen da oder so, also darüber haben wir nachgedacht. Und Georg hat gemeint, die sucht wahrscheinlich nur einen zum Ficken, und wo sind schon mehr Männer auf einem Haufen als bei nem Scheißfußballspiel. Und da gibt's auch keine Frauen, so gut wie nicht, und jedenfalls nicht solche wie die da, die kein Bier trinkt und nie rumbrüllt, so wie die aussah, ganz dürr und irgendwie bleich. Eigentlich hatte sie sogar was wie einen Grünstich im Gesicht, ich hab sie zwar nicht rauchen gesehen, aber sie hatte wohl vorher grade eine geraucht, bevor wir sie gesehen haben, und ansonsten raucht sie nie, und hier macht sie es doch, weil das irgendwie dazugehört, und jetzt ist sie grün davon im Gesicht und raucht bestimmt ein Jahr lang nicht mehr. Aber bei so was kann man sich leicht täuschen, was das Jahr angeht, mein ich, da geb ich lieber keinen festen Tip ab. Das ist so, wie wenn man als Knirps immer rumwichst, im Bad, in der U-Bahn, unter der Schulbank, egal wo, als Knirps macht man das zehnmal am Tag und denkt nur dran, wann man das elfte irgendwo unterbringen kann. Also ich hab es nie unter der Schulbank gemacht, aber die meisten haben es gemacht. Na und irgendwann denkt man, Scheiße, bei nem Mädchen krieg ich dann vielleicht keinen mehr hoch, weil ich immer nur an die schärfsten Sachen denke beim Wichsen, die man bei seinem ersten Mal mit nem Mädchen einfach nicht bringen kann, oder man denkt, Scheiße, vielleicht stimmt's ja doch, daß man ein weiches Rückgrat kriegt davon oder schiefe Augen, und man denkt, jetzt hör ich doch lieber auf damit. Und nach spätestens drei Tagen fängt man wieder damit an, und man hört paarmal auf in diesen ersten Wichsjahren, und wer es länger als drei Tage durchhält, der kriegt nen Stern von mir. Also das mein ich, man kann denken, Scheiße, das ist sicher nicht gut für mich, und ich hör bestimmt auf damit, und dann steht man wieder bei nem Scheißfußballspiel und macht sich ne Kippe an und scheißt einfach auf seine Erfahrung.

Also, auf so was geb ich garantiert keinen Tip mehr ab, aber auf was andres wetten, das ist kein Problem. Ich wette sogar gern, ich meine, das macht das Leben unterhaltsamer. Und jetzt sag mir keiner, das Leben sei nicht meistens langweilig und er braucht das nicht, zu wetten oder zu spielen oder sich ab und zu unter den Tisch zu saufen, dem sag ich, er ist ein Lügner.

Also ich sag zu Georg, die blonde Tussi ist da, weil irgend so ein Depp da unten auf dem Rasen rumrennt, der sie mal geknallt hat und dem sie jetzt so lange nachrennt, bis er ihr sagt, daß er als Fußballer alle Mädchen kriegen kann und so eine wie sie nicht nötig hat. »Hau ab, wenn du mehr als einen Fick willst«, sagt der Fußballer dann, und so lange steht sie noch da unter lauter biersaufenden rumbrüllenden Idioten und macht sich was vor.

Nein, sagt Georg, und ich sag, aber genau so läuft es. Und er sagt, was gilt es, wenn er beweist, daß sie nur ficken will, und ich sag, wie denn, und er sagt, ein Kasten Bier, wenn ich sie knalle, und ich sag, zwei Kästen, wenn du es heute abend noch bringst.

Und was soll ich sagen, er hat es gebracht, und ich lag mit im selben Zimmer und hab den Beweis sozusagen gleich live gekriegt. War ziemlich scheiße, obwohl ich versucht hab, es geil zu finden, hab mir auch einen runtergeholt dabei, aber danach hab ich mich noch blöder gefühlt, und ich hab gedacht, wenn Gisela jetzt dabei wär, aber so alleine da rumzuliegen und den andren beim Ficken zuzuhören, das ist enorme Scheiße, weil man aus tausend logischen Gründen nicht selbst was zum Ficken gekriegt hat, aber Scheißlogik, wenn man danebenliegt und nichts zum Ficken hat und sogar noch ne Wette verloren hat.

Georg hat sie einfach angequatscht und sie gefragt, ob sie vielleicht lieber was trinken will, statt dem Scheißgekicke zuzuschauen, und natürlich hat sie ja gesagt, weil sie eben keinen Scheißdeppen da unten auf dem Rasen hatte. Und dann hat sie mehr als Georg getrunken, und dann hat sie bei ihm in der Bude getanzt, hat ihre Bluse ausgezogen und sie rumgeschwenkt und sich nach jedem Lied vor uns verneigt, als wär sie im Theater, und dann hat sie ihren BH ausgezogen, und Georg ist aufgestanden und hat mit ihr getanzt und hat dann ihre Titten geküßt, und da hab ich mich hingelegt und so getan, als ob ich schlafen würde, denn aus dem Zimmer gehen ging nicht, und einfach weiter zugucken wär noch dämlicher gewesen.

Er hat sie ziemlich langweilig gefickt, lag nur so auf ihr drauf, aber ihr hat es irre gefallen, ich hab noch nie eine so stöhnen hören, der man es so langweilig besorgt hat. Aber das war sogar der beste Beweis dafür, daß gestimmt hat, was Georg gesagt hat, wieso sie zu dem Scheißfußballspiel gegangen ist, und ich hab zu Recht meine zwei Kästen Bier verloren.

Aber solche Tips sind okay, da weiß man, daß man zu fünfzig Prozent falschliegen kann, bloß für die Zukunft kann man eben wirklich nichts wissen, und wenn es nicht um nen Kasten Bier und den Spaß drumrum geht, soll man es lieber gleich lassen und sich nicht denken, daß man irgendwas versteht.

Die Tussi hat früh noch geschlafen, und Georg hat über ihr gegrinst, das war nicht zum Aushalten, und er hat mich gefragt, ob ich mir einen runtergeholt hab, und ich hab gesagt, ich fand's ziemlich langweilig, und ich wär Besseres gewohnt. Da hat er blöde geguckt, und ich hab ihm bißchen was von Gisela erzählt. Und da hat er noch dümmer geguckt und nachgefragt, und ich hab ihm noch was erzählt, und dann hat er gefragt: »Was, mit so einer gehst du jetzt?« Ich hab ihm erklären wollen, daß ich ja nicht mit ihr gehe, aber das hat er nicht kapiert und gefragt, was ich mit so ner Häßlichen und Langweiligen will, die außerdem nur an ihren Balg denkt und sowieso nie was sagt, und Humor hat sie auch überhaupt keinen, und das stimmte ja alles, aber ich hab gesagt, daß davon gar nichts stimmt. Und er meinte, daß jeder so eine kriegen kann, fünf sogar, weil's eben so wenige gibt, die so eine wollen, und ich hab gesagt, das stimmt alles nicht, und wir sind auseinandergegangen als Leute, die sich noch nie verstanden haben.

Die zwei Kästen Bier hat er auch erst viel später gekriegt.

Ich hab nie gesagt, es könnte was Längeres sein, weil ich aufgehört hab, mir im Leben was vorzumachen. Ich mein, sie hatte keinen Grund, groß was zu sagen, und sie hat auch nichts gesagt, es war eigentlich alles klar, und was gibt's noch groß zu sagen bei so was? Ich hab halt Schluß gemacht, wie man eben so Schluß macht, mit von wegen Freunde bleiben und so und daß es eben immer weitergehen muß, und sie ist dann irgendwann wieder zu ihrem Mann gezogen. Georg hat's mir erzählt, er hat ab und zu noch paar Zigaretten bei ihr mitgehen lassen, im Supermarkt, und da wird sie's ihm erzählt haben. Sie hat es wohl bei ihren Alten nicht ausgehalten, kann ich ja verstehen, ist Scheiße, wenn man in dem Alter noch auf seine Alten angewiesen ist, die dann sowieso alles besser wissen, grad wenn sie sehen, daß man's selber nicht geschafft hat allein, das ist absolute Scheiße, und klar will man unbedingt da raus, aber zurück zu ihrem Macker hätte sie nicht gehen brauchen. Der hat sie geschlagen, und niemand sollte dahin gehen, wo ihn jemand schlägt, das ist meine Meinung. Meine Mutter zum Beispiel war auch so eine, die sich hat schlagen lassen, und ich will sie nicht mehr sehen und sie mich auch nicht, und damit ist eigentlich alles klar.

Scheiße, wenn ich meine Alte mal schlagen sollte, und sie bleibt bei mir, was soll ich von ihr halten, wenn sie nicht einfach abhaut. Da würde ich nichts mehr von ihr halten, wenn sie nicht abhauen würde, also das wär eigentlich fast ein ganz guter Test, aber ich schlag keine Frau, auch nicht zum Testen.

Gisela war nie ne Frau, die von irgendwo einfach abhauen konnte, und deshalb konnt ich sie auch von vornherein nur ficken und dann wegschicken, mal abgesehen davon, daß sie nun wirklich nicht die Frau des Jahres war. Aber dafür hat sie geil gefickt, und das werd ich ihr nie vergessen, bis ich tot bin bestimmt nicht. Und es ist gut, wenn ein Mann geile Erinnerungen hat, weil jeder irgenwann allein ist, und wenn es nur mal ne Woche im Krankenhaus ist, und wenn er es sich dann macht, dann ist seine Hand diese Erinnerung oder so, und das ist eine gute Sache. Gisela ist nie richtig abgehauen von ihrem Macker und auch nicht von ihren Alten, und vielleicht auch nicht von mir.

Ihr Scheißkind ist aus dem Fenster geflogen, und dann hat man sie in die Klapsmühle gesteckt. Weil sie geschrien hat, daß sie es war, und nicht wieder aufgehört hat damit. Ich finde ja, da gehört sie nicht hin, in die Klapper, zu den Idioten, aber das Gericht oder irgend so ein Scheißdoktor war da andrer Meinung. Vielleicht ja besser, als wenn sie sich von irgendwelchen Wärterinnen im Gefängnis ficken lassen muß. Wobei ich persönlich das ja nicht so schlecht finden würde, aber mich würden dann die Wärter ficken, weil das in Gefängnissen so getrennt ist, Wärter für Männer und Wärterinnen für Frauen. Also, ins Gefängnis steckt mich niemand, eher bring ich mich um. Aber Gisela haut ja nie von irgendwo ab, und vielleicht ist da auch kein Unterschied für sie, ob sie nun zu Hause sitzt oder dort.

Aber das glaub ich jetzt doch nicht. Sie ist nämlich nicht richtig dumm, und eine von diesen Durchgedrehten ist sie auch nicht. Und Scheiße, das Kind fällt ihr zum Fenster raus, so was passiert ja, und daß sie dann geglaubt hat, sie wär's gewesen, liegt am Schock und so, und daß sie dachte, sie hat die Schuld und muß dafür büßen oder so ein Scheiß, und ich glaub nicht dran, daß sie durchgedreht ist. Aber sie hat so lange geschrien, bis man ihr ne Spritze gegeben hat, und nun ist sie in der Klapper, hat Georg erzählt.

Wenn ich ihr was vorgemacht hätte, dann würd ich jetzt auch so was wie Schuld fühlen oder so. Aber ich hab ihr nie was gesagt, und wenn sie sich gerne belogen hat, dann ist das nicht mein Problem. Jeder hat auf sich selbst achtzugeben, und keiner kann einen andren dafür verantwortlich machen, daß er nicht klarkommt mit sich selbst oder jemanden umbringt oder drogensüchtig wird oder was weiß ich noch. Man sollte einfach immer die Schnauze halten und ficken und trinken und es genießen, wenn was gut ist, und keine Fragen stellen, wegen denen man einen noch zum Lügner macht, und auch nichts erzählen, nur damit man sich besser fühlt oder damit der andre einem weiter einen bläst oder so.

Gisela

Als ich zwölf war, bin ich zum ersten Mal richtig verraten worden.

Eine Nachbarin von uns, die in einem Modehaus gearbeitet hat, hat meine Mutter gefragt, ob meine Schwester und ich bei einer Werbeveranstaltung mitmachen würden, Kindermode vorführen.

Das war schon aufregend, wie wir zu dem Laden gefahren sind und richtig geschminkt wurden und dann vor den ganzen Leuten den Laufsteg entlanggehen mußten, den sie dort aufgebaut hatten. Der Geschäftsführer hat mit einem Mikrofon in der Hand die Kleider beschrieben, die wir vorgeführt haben, und zwischendurch hat er Witze gemacht und uns hinterher in die Wangen gekniffen, aber Geld gab's, soviel ich weiß, keines, sondern es war ein Freundschaftsdienst von meiner Mutter, daß sie uns ausgeliehen hat.

Ich hab in der Schule nichts davon erzählt, aber die Mutter von der Claudia aus meiner Klasse ist bei der Veranstaltung gewesen und hat mich gesehen und es ihrer Tochter natürlich weitergesagt. Mit der Claudia hab ich eigentlich gar nichts zu tun gehabt, aber sie hat allen Mädchen erzählt, daß ich ne blöde Angeberin wär und total eingebildet, weil ich bei so ner blöden Modenschau mitgemacht hab, die nicht mal in ner richtigen

Halle gewesen ist, sondern in nem blöden Laden, wo sie sowieso nie einkaufen würde. Ich war ziemlich überrumpelt und wußte nichts zu meiner Verteidigung zu sagen, aber das Schlimmste war, daß ihr alle geglaubt haben und keine mehr mit mir geredet hat, nicht mal die Corinna, die damals meine beste Freundin war. Zwei Wochen lang haben sie mich geschnitten, zur Strafe wegen dem Hochmut und damit ich nicht glauben soll, daß ich was Besseres bin.

Dann haben sie wieder angefangen, mit mir zu reden, aber von dem Zeitpunkt an hab ich gewußt, daß es einen hinterrücks erwischen kann, ohne daß man damit rechnet oder überhaupt weiß, was man getan hat.

Es ist nicht gerade ein Traumjob, Kassiererin zu sein, aber das Schlechteste ist es auch nicht, du bist drinnen, hast es warm, und wenn ordentlich was los ist, dann geht die Zeit schnell vorbei. Wenn du in die Boutiquen reinguckst, die Frauen da drin, die wissen nicht, was sie anfangen sollen den ganzen Tag, sehen gut aus, klar, die sollen ja auch Werbung machen für die Sachen, die's dort gibt, aber meistens gibt's nur fünfzehn Prozent Rabatt, und da kommen pro Tag vielleicht fünf Kundinnen rein, und den Rest der Zeit sitzt du rum, lesen darfst du auch nicht, also fummelst du an den Sachen rum und staubst den Ladentisch ab, da hab ich's lieber, wenn richtig was zu tun ist, wie bei uns. Klar ist das anstrengend, aber du siehst die ganzen Leute, und wenn du Lust hast, kannst du freundlich sein, und wenn nicht, dann sagst du halt nichts, das fällt nicht weiter auf, und zum Anziehen gibt's die Kittel, und was du drunter hast, ist nicht so wichtig. Morgens hab ich meistens keine Lust, mich besonders anzuziehen und richtig herzurichten, ich schlaf lieber 'n bißchen länger. Manchmal bereu ich das dann, wenn jemand an die Kasse kommt, für den ich mir Mühe gegeben hätte, und ich denk, Scheiße, wenn der mich rausgemacht sehen würde, hätte der gleich nen anderen Eindruck. Aber morgens denk ich nicht so dran, wer vorbeikommen könnte, und dann ist's mir zuviel Aufwand, und ich zieh irgendwas an und geh zweimal mit der Bürste durch die Haare und fang nicht an, den Nagellack auszubessern oder so 'n Zeug.

Ich kann schon, wenn ich will. Ich hab jetzt rausgekriegt, daß es gar nicht so drauf ankommt, wie man in Wirklichkeit aussieht, das sind ganz einfache Sachen, die den Männern gefallen, schwarzes Oberteil, kurzer Rock, hohe Schuhe, so blöd das klingt, aber das geht immer. Meine Haare laß ich jetzt auch wieder wachsen, obwohl's kurz praktischer ist, aber wie gesagt, das ist ein Trick, und das funktioniert auch, die Haare ins Gesicht und die Augen schwarz umrandet, schon denken sie, daß es sich lohnt, dich anzumachen.

Ich hab lange gedacht, daß ich's mir nicht leisten kann und daß ich froh bin, verheiratet zu sein und nicht mehr drüber nachdenken zu müssen, ob ich attraktiv genug bin, weil ich ja meinen Mann hab, dem ich gefalle, aber das ist jetzt nicht mehr so, und ich werd jetzt auch selbstbewußter und mach mal was, was ich in ner Zeitschrift gesehen hab oder bei ner Kundin, auch wenn ich vielleicht nicht die Figur dazu hab, aber es ist gut, mal ne Bestätigung zu kriegen, auch wenn's nur von ner Freundin ist. Und ich merk, daß es meinem Mann auch gefällt, aber bei der Arbeit hab ich oft keine Lust und find's bequem, einfach den Kittel drüberzuziehen.

Wir haben jetzt auch auf Scanner umgestellt, was schade ist, weil ich ziemlich schnell tippen kann und mit mir selbst Wettkämpfe gemacht hab. Es war auch ne gute Übung, sich die Preise einzuprägen, und es hat Spaß gemacht, den Kollegen auszuhelfen, wenn sie was nicht wußten.

Jetzt geht's darum, nur einmal über den Taster fahren zu müssen und bei jedem Artikel den richtigen Winkel zu kennen. Da gibt es auch bessere und schlechtere Leistung.

Ich hätte bestimmt das Zeug dazu, was anderes zu machen, ich war gut in der Schule, und wenn ich nicht rausgemußt hätte, wär ich jetzt vielleicht bei der Bank oder der Krankenkasse oder zumindest im Büro, aber jetzt ist das nicht mehr so leicht mit den Computern überall. Manchmal zahlt ja das Arbeitsamt solche Schulungen, aber mehr als den halben Tag kann ich nicht weg, wegen dem Kleinen, und einfach so ins Blaue rein will ich's nicht machen, weil, dann bist du den halben Tag beschäftigt und kriegst nichts gezahlt, und wie gesagt, so schlecht find ich's hier nicht, du hast deine eigene Kasse und bist selbst dafür verantwortlich, und wenn alles stimmt, dann läßt der Marktleiter dich in

Ruhe, und du wirst nicht zum Kaffeekochen kommandiert und mußt nicht dauernd lächeln und das Telefon abnehmen. Ich kann nicht besonders gut telefonieren, das liegt mir nicht, wenn ich die Leute nicht sehe, die was von mir wollen.

Bei uns im Laden siehst du alle Sorten von Leuten, naja, außer den ganz Reichen vielleicht, die kaufen nur im Feinkostladen oder schicken ihre Angestellten. Die ganz Alten tun mir oft leid, die kriegen das nicht mehr hin, wie die Zeit sich geändert hat und daß es an den Kassen schnell gehn muß und ohne ein persönliches Wort, aber ich kann darauf auch keine Rücksicht nehmen, schließlich warten die anderen Kunden.

Eine von den ganz Alten, eine Frau, die nimmt immer die rotausgepreisten Artikel aus der Fälligkeitstruhe, egal, was es gibt, das ißt sie dann, zehn abgelaufene Himbeerjoghurts oder ne Packung Vollkornbrot, wo man wahrscheinlich die einzelnen Scheiben kaum noch auseinanderkriegt, also ich möcht nicht wissen, mit was für ner Rente die auskommen muß, aber vielleicht ist sie ja auch verrückt und hat ne Million unter der Matratze, wer weiß. Jedenfalls gibt's immer was zu gucken, und oft genug kommen Bekannte vom Block vorbei, und man wechselt ein paar Worte.

Mein Mann heißt Mirko, und manchmal hatte ich Angst, daß ich aus Versehen Paul zu ihm sag. Meine Freundin hat mal morgens im Halbschlaf zu ihrem Freund den Namen von ihrem Exfreund gesagt, das gab ein Riesentheater, dabei war's nicht mal beim Sex und wirklich nur aus Versehen. Mirko sagt manchmal Mutti zu mir, aber ich versteh das. In manchen Sätzen hat man das halt so drin, und es passiert ihm auch nur, wenn er will, daß ich ihm was bringe oder so. Beim Sex sagt er gar nichts, da ist er ganz still, er atmet kaum. Ich sag ab und zu den Namen, auch wenn ich's gar nicht meine, einfach weil das am neutralsten ist und alles bedeuten kann. Entweder »Mirko« im Sinne von »ja, weiter so, ich liebe dich« oder »Mirko?« so'n bißchen gequetscht, damit er merkt, daß es zuviel wird, oder gespielt entrüstet »Mirko!«, wenn er was außer der Reihe macht und angestachelt werden will.

Die Sachen außer der Reihe mag ich eigentlich nicht so, weil die meistens was damit zu tun haben, daß ich blöd wegkomm dabei, zum Beispiel sein ganzes Sperma im Gesicht hab oder gezwickt werd oder so. Aber auf der andern Seite denk ich, daß es auch blöd ist, immer genau das gleiche zu machen, und dann will ich ja auch, daß es ihm mit mir gefällt und er nicht denkt, ich wär zickig. Das ist so schon schwer genug mit den vielen Mißverständnissen, die jeden Tag passieren können. Neulich zum Beispiel, als er von der Arbeit erzählt hat, wie ihm ein Kollege blöd gekommen ist und er sich aber nicht hat provozieren lassen, und ich hab gemeint, daß ich das gut finde und daß man damit ja auch 'n Zeichen setzt für die andern, weil ich kenn das auch von mir auf der Arbeit. Aber er hat irgendwie verstanden, daß ich meine, daß die andern vielleicht zu dem Kollegen halten könnten, dabei hab ich das gar nicht gedacht, ich wollte nur sagen, daß man eben auch durch ruhiges

Verhalten überlegen sein kann. Was weiß ich, ich wollte eigentlich gar nichts Spezielles sagen, ich hab eigentlich nur zugehört, ich wollte ihm auf keinen Fall widersprechen, wieso auch, aber er hat's total in den falschen Hals gekriegt. Und auf so was muß man halt aufpassen, weil das passieren kann, ohne daß man's wollte.

Ich möchte mal wissen, ob es eine Frau gibt, die keine Angst vor ihrem Mann oder vor ihrem Freund hat. Naja, stimmt, das gibt es schon, daß die Frau den Mann beherrscht, so wie bei den Renzens von nebenan, wo der Mann aber auch schon aussieht wie ihr zu groß geratener Sohn, die Hosen immer eine Handbreit zu kurz und den kleinen Kugelbauch unterm Pullunder. Sie schickt ihn jeden Tag den Müll runterbringen, und manchmal hört man ihre Stimme durchs Treppenhaus schreien, aber seine Stimme hört man nie. Das kann ich mir beim besten Willen nicht vorstellen, mit so einem Typen zusammen zu sein.

Naja, aber meistens ist es doch so, daß die Frauen viel großzügiger sind, während die Männer leicht ungeduldig oder wütend werden und man ziemlich auf der Hut sein muß. Letzte Woche hat meine Freundin eine CD auflegen wollen auf dem nagelneuen CD-Player, und die geht da schon ran, daß man sieht, sie hat Angst davor, und ich kann schwören, sie hat nichts gemacht außer zu schnell zweimal hintereinander auf die Open-close-Taste zu drücken, und von da an klackerte dieses Teil, was rein- und rausfährt, so komisch, und sie war total erschrocken und hat schnell alles ausgemacht und wollte auch nicht, daß ich mal nachgucke, ob's vielleicht ganz leicht zu reparieren ist, sondern sich lieber totstellen, bis ihr Typ das selber merkt und dann wahrscheinlich laut brüllt und ihr sowieso die Schuld gibt. In diesem Fall natürlich zu Recht, aber die Typen müssen sich da auch nicht zusammenreißen und mal großzügig sein, wie wir es die ganze Zeit sind, wenn sie was versauen. Ich mach meiner Freundin gar keinen Vorwurf, ich versteh das gut, auch daß sie sich den Rest des Abends nicht mehr richtig konzentrieren konnte, sondern dauernd überlegen mußte, was wohl mit ihr passiert, wenn er es entdeckt. Aber manchmal ärgert mich dieses Verständnis am meisten, wenn wir zum Beispiel drei Frauen zusammen bei ner Freundin zu Besuch sind, und es ist total witzig und ausgelassen, und kaum hört man ihren Typ nach Hause kommen, kriegen alle Frauen diesen schnellen Blick durchs Wohnzimmer, ob alles in Ordnung ist, auch die, die gar nicht da wohnen, und wenn er reinkommt, checken alle schnell ab, wie er gelaunt ist – wenn er 'n Witz macht, lachen alle dankbar, wenn er sichtbar mies drauf ist, gibt's erschrockene oder betretene Blicke, und vielleicht versucht die Frechste unter den Freundinnen, ihn ein bißchen zu ärgern auf so ne sexy Art, um ihn abzulenken von allem, was ihn sonst ärgern könnte, und damit seine Frau ihm dann ein Bier holen kann. Aber klar ist, daß sich sofort alles nur noch um ihn dreht, und wenn er gar keinen Bock hat, dann müssen die Freundinnen eben mit einem verständnisvollen mitleidsvollen Blick nach Hause gehen, und die Frau ist dann vielleicht ne Stunde lang beleidigt in der Küche beim Abwaschen, aber seine schlechte Laune ist immer stärker, und sie ist die, die mehr drunter leidet, wenn sie dann schweigend nebeneinander im Bett liegen, und macht deshalb doch wieder den ersten Schritt und bittet ihn um irgendwas, wahrscheinlich um Verzeihung.

Manchmal sieht man in den Serien Männer, die echte Männer sind und trotzdem rücksichtsvoll und friedlich zu ihren Frauen und ihren Kindern. George Clooney zum Beispiel, der sieht super aus und kann auch wütend werden, aber nur, wenn ihn was wirklich stört, und sonst hat er Humor und ein großes Herz. Den Film, wo er die kleine Tochter hat und Michelle Pfeiffer den Jungen, den hab ich mir viermal angeschaut, so schön fand ich den, am allerschönsten fand ich die Szene am Schluß bei ihr zu Hause, wo's dann gar nicht mehr dazu kommt, sondern er auf dem Sofa einschläft, weil er so erschöpft ist von dem langen Tag, und das bei einer Frau wie Michelle Pfeiffer. Mann, wenn der bei mir auf dem Sofa sitzen und schlafen würde, ich würde mich daneben kuscheln und ihn die ganze Zeit nur anschauen, aber nicht aufwecken. Mirko steht morgens immer gleich auf, er sagt, ihn macht das nervös, im Bett rumzuliegen, und dann will er gleich was frühstücken, und deshalb muß ich mit raus, auch wenn der Kleine noch schläft und wir eigentlich mal Zeit für uns hätten.

Wenn ich von Mirko getrennt wäre, hätte ich gerne nen Freund, der auch ein Kind hat, das gibt's ja jetzt manchmal, daß die Männer für das Kind sorgen. Der hätte dann Verständnis, und die Kleinen könnten zusammen spielen, und man hätte ähnliche Sorgen, jeder mit seinem Kind, und so ein Mann, der allein für ein Kind sorgt, ist schon was Besonderes, finde ich.

Der Paul hatte überhaupt kein Interesse für mein Kind, den hat es eher gestört, daß ich das auch noch im Kopf hatte und mir deshalb Sorgen gemacht hab. Ich glaube, die meiste Zeit hat er überhaupt vergessen, daß es das Kind gibt, und ich hab Stefan auch meistens bei meinen Eltern gelassen, das ist auch okay, weil die ihn mögen, aber ich find nicht gut, wenn sie ihn so viel fernsehen lassen und ihn in allem verwöhnen. Am Anfang mit Paul war es mir egal, und ich war froh, daß ich die Möglichkeit hatte, aber mit der Zeit hab ich ein schlechtes Gewissen gekriegt. Ich bin gern Mutter, und ich will, daß mein Kind Chancen hat später, und dazu braucht er auch Beschäftigung und nicht nur Fernsehen den ganzen Tag, es ist schon schlimm genug, daß er den halben Tag in der Krippe ist. Aber am Anfang mit Paul war ich halt ziemlich egoistisch, ich hab nur noch dran gedacht rauszukommen und hab manchmal selber vergessen, daß ich ja Mutter bin. Wenn ich's gut organisieren konnte, war der Stefan das ganze Wochenende bei meinen Eltern, und ich hatte zwei Abende frei. Aber als ich dann ganz zu ihnen zurück bin, hab ich gemerkt, daß es ihm nicht so gut bekommt, und ich kam mir auch komisch vor, so als ob er gar nicht mehr mein Kind wär, sondern wir beide die Kinder von meinen Eltern, ich die große Schwester, die immer ausgeht. Zweimal hab ich ihn deshalb mit zu Paul genommen, aber da hat sich gezeigt, daß der auch ziemlich pingelig ist, obwohl er sonst so tolerant scheint, und dann nicht wollte, daß der Stefan allein in seinem Arbeitszimmer ist, während wir nebenan sind, wegen den CDs und der Stereoanlage, und Rücksicht beim Sex wollte er auch nicht nehmen, aber ich mag das nicht, wenn der Kleine das so mitkriegt, auch wenn er erst fünf ist. Der denkt doch, daß da weiß Gott was mit seiner Mutti passiert.

Der Paul hat ein total liebes Lächeln, das ist mir schon gleich beim ersten Mal aufgefallen, wie er mit Georg an meiner Kasse stand. Jung ist der, hab ich gedacht, dabei ist er nur drei Jahre jünger als ich, aber er führt eben ein ganz anderes Leben, und das sieht man. Wenn ein Typ nicht verheiratet ist, sieht er noch mit vierzig aus wie einer, der mit den Kumpels vor der Eisdiele steht und auf Mädchen wartet. Ich hab keine Ahnung, woher Georg ihn kennt, aber er hat mir schon gefallen, und man hat gesehen, daß er keine Freundin hat. Er hatte diesen einsamen Ausdruck, nicht traurig, aber unabhängig, mit einem Interesse für Frauen, das nicht so ordinär ist. Vielleicht hab ich mir das auch nur eingebildet, weil neben Georg jeder wie ein feiner Mensch aussieht. Und Georg hat Zigaretten eingesteckt wie jedes Mal und mir auf den Busen gestarrt und mit seinen dicken Fingern aufs Laufband getrommelt, und Paul, von dem ich ja noch nicht wußte, daß es Paul ist, nach vorne geschubst, damit er mich auch begutachten soll. Aber Paul hat nur sein Lächeln gezeigt und leise hallo gesagt und ist dann weitergeschlendert. Georg hat scheinbar gedacht, das reicht zum Bekanntmachen, und mir gesagt, daß ich am

Abend bei ihm eingeladen wär, und so fing das Ganze an.

Ich hab mir vorher nie groß Gedanken über Treue gemacht. Ich war eine verheiratete Frau mit Kind, und für mich war's selbstverständlich, daß ich meine Ehe nicht gefährde für irgendein Abenteuer. Kann sein, daß ich auch nie so hart auf die Probe gestellt wurde wie zum Beispiel Michelle Pfeiffer in diesem Film mit den tollen Kostümen, wo sie auch eine ehrbare Frau ist, aber dann eben nicht mehr anders kann und am Schluß auch stirbt deshalb. Einer wie in dem Film kam ja nicht vorbei, aber es ist auch nicht so, daß es nicht Gelegenheiten gegeben hätte. Auch die Freunde von Mirko nehmen's nicht mehr so genau, wenn sie genug getrunken haben, aber ich wüßte nicht, was mir das bringen sollte. Ich glaube, Mirko hat das gespürt und war deshalb nie besonders mißtrauisch, wenn ich mal später kam oder nicht zu Hause war, wenn er angerufen hat.

Egal wär's ihm nicht gewesen, da bin ich sicher, da sind alle Männer gleich. Sogar Paul wollte nicht, daß ich noch mit jemand anders ins Bett gehe. Außer mit meinem Mann, da konnte er schlecht was sagen, aber gefallen hat ihm das auch nicht. Dabei weiß ich genau, daß er noch andere hatte neben mir, und ich hab nie was gesagt deshalb.

Einmal hab ich ihn mit einer anderen in der Stadt gesehen, sie standen vor Karstadt, und er hatte die Hand auf ihrem Hintern, deshalb wußte ich, daß es eine andere ist. Er hat mich nicht gesehen, und ich hab ihn nicht drauf angesprochen, ich wußte es sowieso schon. Ich konnte es riechen in seinem Zimmer, und ich hab Schnipsel von Kondomverpackungen neben seiner Matratze gesehen, da war ich schon erstaunt, weil er mir gesagt hat, er mag die nicht, und wir es immer ohne gemacht haben. Kurz hab ich sogar überlegt, ob das ein Mann war, weil da das Risiko ja größer sein soll für den Mann, aber das konnte ich mir dann doch nicht vorstellen. Paul mit der Frau vor Karstadt konnte ich mir gut vorstellen, hab ich mir auch oft vorgestellt, das klingt vielleicht komisch, aber ich war nicht eifersüchtig, sondern hab oft an Paul gedacht, wie er mit anderen Frauen schläft, auch während wir zusammen geschlafen haben. Bei Mirko ist das was anderes, wahrscheinlich weil wir ein Versprechen gegeben haben und das Kind, und weil wir zusammenwohnen, aber Paul hab ich nie richtig als meinen betrachtet, wir gehörten nicht zusammen, und wenn wir's am Wochenende drei Tage lang alle zwei Stunden gemacht haben, dann trotzdem nicht. Er ist immer ohne mich geblieben und konnte machen, was er wollte, und das hat er ja auch gemacht.

Gut war, daß ich deshalb auch nicht zu ihm gehört hab, und deshalb kam's mir oft so vor, als ob ich im Puff wär, aber nicht diejenige, die bedient, sondern eine, die sich einfach was holt, ohne weitere Bedeutung, und dabei konnte ich mir vorstellen, was ich wollte, oder ganz anders sein als in Wirklichkeit. Das hab ich vorher noch nie gehabt.

Ich wollte deshalb auch nicht darüber reden, weder

über das, was wir gemacht haben, noch über das, was er mit den andern gemacht hat oder was ich schon gemacht hab, weil ich immer Angst hatte, daß dieses Gefühl weggehen könnte, und das war nämlich das Schönste dabei.

Es ist auch Pauls ganze Art, warum ich nie dachte, daß er mein Freund ist. So einer paßt nicht zu mir, hab ich gedacht, so einer kennt andere Frauen, welche, die ich nie kennenlernen würde. Allerdings war er ja mit Georg befreundet, aber das hab ich auch nicht verstanden. Ich hab mir überlegt, ob er vielleicht grade so was mal ausprobieren wollte, oder warum ausgerechnet ich, aber er hat nie was dazu gesagt, auch nie von seiner Familie oder anderen Freunden erzählt, es war so, als ob er völlig allein auf der Welt ist, aber das ist niemand.

Seine ganze Art war irgendwie feiner. Nicht nur, wie er aussieht und wie sein Körper aussieht, das war mehr der Blick oder die Bewegungen. Man kann ja nie richtig sagen, warum die einen da und die andern da hingehören, aber man weiß es sofort, und Paul und ich gehörten nicht zu denselben Leuten, bestimmt nicht. Ich wette, daß seine Mutter nicht arbeiten gegangen ist, als er klein war. Und daß er keine Geschwister hat oder höchstens eins.

Am Anfang, an dem Abend bei Georg, hätte ich nicht gedacht, daß es soweit kommt. Schon gar nicht bei Georg auf dem Sofa. Ich mag so was nicht. Bei Georg sind die Parties immer so, daß es nichts zu essen, sondern nur zu trinken gibt, und Georg fängt dann schon mittags damit an.

Mirko hatte Nachtschicht, und der Kleine ist vorm Fahnder eingeschlafen, da konnt ich gut weg. Ich war richtig 'n bißchen aufgeregt, und tatsächlich saß Paul den ganzen Abend neben mir, und es war wirklich nett, und er war der einzige, der nicht schon um elf völlig betrunken war, sondern auch noch was reden konnte. Aber plötzlich warn wir allein im Zimmer, das ist mir bei Georg schon öfter passiert, daß einfach alle verschwinden, ohne tschüs, zu sagen, und meistens bin ich dann heimgegangen, aber dieses Mal war ja Paul noch da, und plötzlich hat er mich geküßt.

Ich bin ziemlich erschrocken, weil ich grade was erzählt hab und mir nicht richtig überlegt, wie's eigentlich weitergehen soll und ob ich das will oder bis zu welchem Punkt, und da hat er mich schon geküßt und meinen Busen angefaßt, und ich mußte mir währenddessen überlegen, ob es okay ist und wie weit ich mitmachen will, aber er hat mir ja gefallen, mittags schon und an dem Abend noch mehr, und wie er mich geküßt hat, das war auf eine ganz weiche Art, obwohl es so plötzlich kam. Er hat ganz langsam geküßt, so als ob er erstaunt wäre, einen anderen Mund zu fühlen mit der Zunge, und genauso hat er mich auch angefaßt, er hat nicht gedrängt und scheinbar auch keine Angst gehabt, daß ich vielleicht nicht mitmachen würde und er deshalb jetzt schnell überall hinfassen muß, damit er's wenigstens einmal gemacht hat, bevor ich ihm eine scheuer und wegrenne. Und genau diese Art hat mich viel mehr überrumpelt, und ich bin sitzengeblieben, und er konnte weiterküssen. Bevor ich überlegt hab, was jetzt also richtig ist, hat er meine Hand genommen und seine Hose aufgemacht, und da konnte ich dann auch nicht mehr zurück.

Es war komisch, aber ich fühlte mich gar nicht gedrängt, obwohl er meine Hand ziemlich festgehalten hat und meine Brüste auch, aber trotzdem hatte ich das Gefühl, daß es was Schönes ist, was er will, nichts Schmutziges. Das hab ich erst gedacht, als ich sein ganzes Sperma auf der Hose hatte, da ist mir wieder eingefallen, was das ist und wie das heißt und daß ich es nicht will. Er sah auch plötzlich anders aus, nicht mehr so kindlich und weich, sondern zurückgelehnt im Sofa mit offener Hose zwischen den ganzen leeren Flaschen und Dosen in Georgs schrecklichem Wohnzimmer, und ich hab mich gefragt, wo überhaupt die anderen Gäste sind, und hab schnell das Sperma in die Fernsehdecke gewischt und bin aufgestanden und zur Tür. Ich hab ihm gesagt, daß das nur für grade war und daß ich verheiratet bin, aber auf dem Nachhauseweg hab ich wieder sein Gesicht gesehen, wie es während dem Küssen aussah, so nah und verschwommen, und ich fand mich albern, daß ich mich so erschreckt hab wegen der offenen Hose und dem häßlichen Sofa.

Als ich am nächsten Tag zur Arbeit bin, hab ich gedacht, daß jetzt was anders ist, aber auch, daß ich das nicht weitermachen kann. Ich wußte auch nicht, was es wirklich ist, ob der Paul jetzt mein Freund ist oder doch nur mit mir schlafen wollte. Und damals dachte ich noch, daß das nicht geht, nur Sex. Aber vorher haben wir so lange geredet, und auch geküßt hat er, wie ich's noch nie erlebt hab. Ich kannte nur die normale Art, aber bei Paul war es so, als ob er mich wirklich kennenlernen wollte, auch beim Küssen. Wie er zum Beispiel mein Gesicht dabei angefaßt hat, so als ob er verliebt wäre, jetzt nicht in mich, weil wir kannten uns ja auch noch gar nicht, aber in die, die er grade küßt. Daß Mirko mich liebt, weiß ich mehr als Tatsache, weil wir zusammenleben und das Kind da ist und wir verheiratet sind, aber das merkt man nicht beim Anfassen. Da kommt's auf was anderes an, auf was, weiß ich auch nicht so genau. Ich hatte nicht so viele Liebhaber bisher, vor Mirko hatte ich nur einen Freund, mit dem ich auch geschlafen hab, und dann nur Mirko und Paul, und vorher halt noch welche, wo's nicht bis zum Letzten ging. Mit meinem ersten Freund war alles so neu, daß ich nur drüber nachgedacht hab, was jetzt genau passiert, aber nicht, wie es sich anfühlt und ob es mir gefällt oder ob man es auch anders machen könnte. Mit Mirko war es ja dann länger, und man redet manchmal mit den Freundinnen drüber oder liest in ner Zeitschrift, wie's für uns Frauen und auch miteinander besser sein könnte, aber das bleibt alles ziemlich ungenau. Und meistens werden nur Witze gemacht, und es gehört einfach zum Alltag dazu. Manchmal, wenn ich tagsüber allein war, hab ich mich selbst angefaßt, und das war richtig gut, aber sofort danach bin ich aufgestanden und hab abgewaschen oder was anderes gemacht und es schnell vergessen und mir auch nicht vorstellen können, daß ich's jemals wieder mach, obwohl ich kurz vorm Orgasmus gedacht hab, daß ich's gleich noch mal machen würde, weil's so gut war. Aber eine Sekunde danach hatte ich's vergessen, und mit Mirko hab ich auch nie daran gedacht. Ich hab nie überlegt, wie ich was anders machen könnte oder daß Mirko was anders machen sollte. Ich fand's auch gut, so wie's war. Und mit anderen Männern wollte ich gar nicht.

Aber dann hab ich's halt doch gemacht, mit Paul jetzt. Das erste Mal war ich einfach nur nervös, wegen Mirko und weil ich dachte, daß der Paul sich bestimmt getäuscht hat oder mich irgendwie verwechselt und bestimmt 'n Schreck kriegt, weil ich ohne Kleider auch nicht so gut ausseh. Er sah total gut aus und ist ganz selbstbewußt nackt rumgelaufen, und das Licht hat er auch nicht ausgemacht. Ich hab so getan, als ob mir kalt wär, und mich in die Decke gewickelt, damit er's nicht so genau merkt. Aber nach den ersten paar Mal hab ich gedacht, daß er's jetzt wahrscheinlich auch mit Decke schon gemerkt hat, und ich war nicht mehr so nervös, und manchmal war ich auch die Stärkere von uns, und es hat sich ausgeglichen.

Trotzdem war's manchmal noch komisch davor und danach, aber währenddessen hab ich irgendwann alles vergessen und mich Sachen getraut, die ich mich vorher noch nie getraut hab, schon gar nicht, wenn jemand dabei war. Ich glaub, das hat daran gelegen, daß es ja egal war, wie ich mich benehm, weil ich ja nicht wirklich ich selber war, sondern eine, die abends heimlich zu ihrem Liebhaber fährt, nur um zu ficken.

Und ganz bestimmt war's auch, weil der Paul nie was komisch fand, was ich gemacht hab, sondern sich eher gefreut hat, wenn ich was Neues wußte. Mit Mirko wär ich da nicht draufgekommen, weil der so schon dauernd was an mir auszusetzen hatte und ich's deshalb lieber ihm überlassen hab.

Ich bin dann mindestens einmal die Woche bei Paul gewesen, und später, als ich wieder bei meinen Eltern gewohnt hab, noch öfter, aber das wurde zuviel, weil man nicht fünf Abende die Woche nicht man selber sein kann, davon wird man verrückt. Und Paul wurd's auch zuviel, der dachte langsam, daß er jetzt mein neuer Mann werden soll, dabei war's gar nicht so gemeint, ich hab's nur bei meinen Eltern nicht so gut ausgehalten, und schließlich hing das ja doch auch alles irgendwie zusammen. Aber ich hab nicht gedacht, daß ich jetzt bei ihm einzieh oder er irgendeine Verantwortung für mich hat, nur weil's mit Mirko zu der Zeit dann nicht mehr ging.

Als sie die Kassen ausgetauscht haben, haben sie auch das Zigarettenregal verlegt. Vorher mußten wir eine Zeitlang für jeden Kunden extra aufschließen gehen, damit nicht mehr so viel geklaut wird. Das war schrecklich, dauernd aufstehen zu müssen, und es wurden weniger Zigaretten verkauft, weil nicht mehr Selbstbedienung war und manche Leute einen vielleicht schonen wollten oder sich nach der Endsumme nicht mehr getraut haben, ich seh das an den Blicken, aber ich hab dann auch nicht gefragt, ob sie noch Zigaretten wollen.

Zuerst war die Überlegung, ob sie solche Automaten an die Kassen stellen, die die Schachteln direkt aufs Laufband spucken, aber das war zu teuer. Jetzt hängen die Zigaretten genau über den Kassen, so daß man sie im Blick hat, und seitlich in den Gängen gibt's nur noch Süßigkeiten. Mir ist das egal, wenn jemand was einsteckt, aber man darf sich nicht dabei erwischen lassen, daß man's nicht anzeigt, sonst ist man selber dran, aber ich denke, ich stell mich dumm, wenn mich jemand fragt, ich sag einfach, daß ich mit den Gedanken woanders war, wie sollen die das nachweisen. Ich klau nicht bei uns im Laden, grundsätzlich nicht, weil man nämlich sofort rausfliegt. Ich könnte schon, aber ich weiß, wie das ist, wenn man nicht mehr aufhören kann, und dann erwischen sie einen auch über kurz oder lang, egal, wie gut man ist. Früher oder später wird jeder erwischt, der's regelmäßig macht.

Mirko hat zum ersten Mal was gemerkt, da ging das mit Paul schon seit fast zwei Monaten. Aber dann hat er's eben doch gemerkt. Ich kann auch nicht sagen, daß ich besonders vorsichtig war, wie gesagt, richtig lügen mußte ich nie, weil Mirko mich nie fragt, wo ich war, naja, jetzt schon, seit der Sache mit Paul, jetzt fragt er dauernd, aber ich sag's ihm trotzdem nicht. Zu der Zeit hat er aber nie gefragt, und oft hat er ja auch Nachtschicht, und dann war ich immer vor ihm zu Hause. Verabredet haben Paul und ich uns meistens an der Kasse, wenn Paul zum Supermarkt kam, wußte ich schon, daß er heute will, daß ich komme, und meistens konnt ich's auch einrichten, eigentlich immer.

Ich bin gern zu ihm gefahren, ich kam mir vor, als ob ich in ner ganz andern Stadt wär, weil ich sonst in dem Viertel nie was zu tun hatte und es ja immer der besondere Anlaß war, und ich schon in der Straßenbahn dran gedacht hab, was passieren wird. Wenn ich durchs Treppenhaus rauf bin, kam ich mir manchmal 'n bißchen komisch vor, da war noch so ne Überwindung, zu klingeln und dann vor ihm zu stehn wie bei nem offiziellen Termin, in der Jacke und so. Da konnt ich ihn oft nicht so gut anschaun, aber in seinem Zimmer wurd's besser, wenn ich ne Weile dagesessen bin, und er ist hin- und hergelaufen und hat was zu trinken geholt und meine Jacke auf'n Haufen von seinen Kleidern gelegt. 'n Schrank hat er gar nicht gehabt und ne Garderobe auch nicht.

Als ich das zweite Mal hin bin, wußte ich schon, daß ich das jetzt nicht mehr so leicht aufhören kann und daß es deshalb irgendwann rauskommt und ich dann die Konsequenzen für mein Verhalten tragen muß. Aber da war mir das schon egal, und so ist's beim Klauen auch und bei allem, was man eigentlich nicht darf. Wenn sich's gut anfühlt, macht man's weiter, und Sachen, die verboten sind, fühlen sich meistens gut an, aber meinen Job, den will ich auf keinen Fall verlieren.

Es war gar nicht so schlimm, als Paul es mir gesagt hat. Irgendwie war ich sogar froh, schließlich hätte ich ja auch nicht gewußt, wie's weitergehen soll. Aber selber hätt ich bestimmt nicht Schluß gemacht, dazu war's dann doch wieder zu schlimm.

Aber ich bin nicht traurig darüber, wie alles gekommen ist. Ich bin froh drüber. Man könnte jetzt denken, daß alles so ist wie früher, aber das stimmt nicht. Paul kommt nicht mehr zu uns in den Laden, ich wette, daß er Schiß hat, mich zu treffen, weil er denkt, ich würde heulen oder ihm hinterherrennen, aber das würd ich bestimmt nicht. Ich bin sicher, daß er viel mehr Angst davor hatte, mir zu sagen, daß Schluß ist, als ich davor, daß er's sagen könnte. Die Typen denken immer, daß sie alles für einen sind, und vielleicht war's ne Zeit auch so, daß ich vor allem an Paul gedacht hab und mich gefreut hab, abends zu ihm zu gehen, aber das war nicht alles, und ich wußte immer, daß es nur für kurze Zeit ist und daß wir nicht zusammenbleiben werden, bis wir achtzig sind, und ich hätte das auch gar nicht gewollt. Das war viel zu unwirklich, und eigentlich ging's ja auch vor allem um Sex.

Ich brauch das nicht so dringend, wie die Typen denken. Es gibt schon Sachen, wovon ich träume, aber die werden sowieso nie Wirklichkeit. Ich wär gern ganz anders, aber ich wette, wenn ich dann so wär, wie ich gern wär, dann immer noch. Und man kann sich ja nicht dauernd ändern, da wird man verrückt von. Ich hab mal von einer gelesen, die war fünfzehn Leute gleichzeitig, immer abwechselnd, also, die dachte das wirklich. Die war in der Psychiatrie. Klar wär's gut, mehr Geld zu haben, aber außer Lotto hab ich sowieso keine Chance, weil 'n reicher Märchenprinz klopft bestimmt in nächster Zeit nicht bei mir an, und wenn, dann müßte er den Kleinen auch nehmen, und da hört's wahrscheinlich auch beim Märchenprinz auf. Ich weiß nicht, ob's mit Mirko noch lange gutgeht, aber ich hab keine Lust, alles so schwarz zu sehn. Vielleicht hat er jetzt gemerkt, daß ich anders bin, als er immer dachte, daß ich auch was vorhaben kann, aber richtig kümmern tut's ihn nicht, und eigentlich ist mir das auch recht. Wenn ich was reden will, hab ich die Tanja oder die Anita, und wenn's klappt, dann kriegen die Anita und ich jetzt die gleichen Schichten an Kasse zwölf und dreizehn und sind dann auch bei der Arbeit zusammen. Da weiß Georg dann nicht mehr, wo er hinkommen soll zum Zigarettenholen und Sprücheklopfen. Letzten Mittwoch hab ich ihn gefragt, was der Paul macht, und er hat gemeint, der würde sich nicht mehr hertraun, weil er ihm erzählt hätte, daß ich total durchgedreht wär, seit er mit mir Schluß gemacht hat. Keine Ahnung, was Georg damit bezwecken will, daß er Scheiße über mich erzählt, aber ehrlich gesagt, ist's mir auch egal, was der Paul jetzt noch über mich denkt. Vielleicht schmeichelt's ihm, wenn er glaubt, daß ich ohne ihn nicht leben kann, und er fällt deshalb auf den Blödsinn von Georg rein. Wenn er wirklich wissen will, wie's mir geht, soll er herkommen, und wenn nicht, dann kann ich auch nichts machen.

Frau Potzke

Weiß ich nicht mehr. Meine Güte, weiß ich nicht mehr.

Wie ich raus bin aus der Arbeit, gab's ja auch nix mehr. Ich strick dann, für Georg jedenfalls und den Kleinen von Leitzens und den Kleinen von Schumanns, und da meint die junge Schumann zu mir, da wär zuviel Polyester an der Wolle, und sie will jetzt nix mehr davon. Bitte, hab ich gesagt, was Polyester, das ist ganz normale Wolle, und die war immer warm genug, und 'n Geschenk war's außerdem, und wenn sie's nicht will, dann soll's halt erfriern, das Kind. Ich hab immer abgegeben, und die Kinder ham mich gemocht. Als der Georg klein war, warn immer Kinder da, und wir ham Fernsehen gehabt und Kekse ham sie gekriegt, egal wer kam, die Kleinen. Und daß es nix Süßes geben soll für den Kleinen, die Schumann, aber bisher war's noch gut genug oder was, und jetzt kriegt sie ihr zweites und soll mal sehn, wie gut das tut. Ich hab kein zweites gekriegt, mit Tochter wär schön, denk ich, aber die von der Roswitha kommt nicht mehr vorbei. Aber reden kann man anders und helfen tun sie auch mehr als die Jungs und mehr erzählen. Ich hätt gern ne Tochter gehabt, und man kann mal was Hübsches machen, nicht immer nur blau und braun und die glatten Sachen, und Sinn dafür haben sie keinen, die Jungs, aber so 'n Weib wie die Schumann kriegt ihr zweites und Enkel vielleicht. Wenn der Junge eins hat, gehört's einem nicht, sondern der andern, einer wie der Schumann, und daß ich den Müll abends nicht auf die Treppe stellen soll, die feinen Herrschaften, aber drin ham sie nicht mal Teppichboden.

Ich hab von vor acht Jahren die Auslegware, aber gute und gut gepflegt, ich leih vom Werkzeug-Werhahn den Naßsauger und geh damit drüber. Obwohl ich jetzt lieber Rosa hätte, aber damals warn die kräftigen Farben modern, und ich war immer mit der Mode.

Portieren war das letzte, was ich angeschafft hab im Wohnzimmer, und die sind schwer zu waschen, aber zur Reinigung geb ich's nicht, die passen nicht auf auf die Sachen, und die Verantwortung hat man selber, die haben mir die blaue Jacke mit den Goldknöpfen versaut, drei Knöpfe warn weg, und daß ich die selber hätte abmachen sollen und wegpacken, und sie haftet nicht, hat sie gesagt, die dumme Gans, und dann weggedreht hat sie sich und mit der Kollegin geredet über was ganz anderes, daß ich nix mehr hab sagen können. Für achtzehn Mark und nicht mal Entschuldigung oder irgendein Wort.

Mit den Portieren geh ich zum Münzwaschen, wo sie die großen Maschinen haben. Rauchen darf man nicht da drin, aber manchmal gibt's Zeitschriften, und ich weiß umzugehn mit den Automaten und helf den jungen Leuten. An den Automaten ist vorne alles abgebrochen, und deshalb fliegt das Geld durch die Gegend, wenn's nicht gleich drinbleibt, weil Zweimarkstücke nehmen die gar nicht und Fünfmarkstücke nur beim zweiten Reinwerfen. Ich halt immer die Hand vor den Schlitz und fang's auf, sonst kriecht man unter den Schleudern, und einmal denkt einer, ich will sein Geld wegnehmen, dabei will ich's nur auffangen für ihn und sonst gar nix. Aber so ist's, wenn man helfen will, und da hab ich mich eben hingesetzt und hab ihn rumkriechen lassen und die nächsten drei auch noch und nix mehr gesagt.

Die Portieren hab ich gekauft, wo meine Mutter gestorben ist, weil ich dann Geld geerbt hab von ihr, und ich hab's gleich angelegt, das warn vierhundert Mark für die Portieren damals aus'm neuen Horten. Bei Domäne gibt's die jetzt günstiger, aber ohne Auto kommt man nicht raus, und damals gab's die Domäne noch gar nicht, und ich wollt was Schönes haben, wo's auch von der Mutti ist, und da hat man dann mehr Mühe mit, aber so ist das. Ich krieg die nicht rein in meine Maschine, weil ich Toplader hab wegen dem Bad, was nur sechs Quadratmeter ist, und Schongang hat die auch nicht, und das riskier ich nicht, den guten Stoff in die olle Maschine. Die hat mir schon mehr Sachen kaputtgemacht, und schleudern muß ich jetzt wieder mit der Extraschleuder seit 'n paar Monaten, wo das jetzt kaputt ist.

Ich hab zum Georg gesagt, gib deiner Mutti mal Geld für ne neue Maschine, aber er hat gesagt, er hat keins, und es geht noch so.

Ich wasch zwei Maschinen die Woche für mich und Georg, weil dreckig rumlaufen tu ich nicht und im Keller die Wäsche aufhängen auch nicht mehr, da kommt was weg, und die Schumann muß auch nicht sehn, was ich auf der Leine hab, die tratscht schon genug und hat selber die häßlichste Wäsche und der Kleine seit zwei Jahren keine neue Winterjacke.

Den Georg hab ich immer gut angezogen früher in die Schule, daß er ordentlich aussieht, aber jetzt gibt's nix mehr zu sagen für mich, nur Weihnachten gibt's was, aber er zieht's nicht mehr an.

Letztes Jahr hab ich Weihnachten nicht mehr gebacken, und für wen weiß ich auch nicht. Man muß ja was dahaben, wenn die Nachbarn die Kinder schicken mit was, daß man was zurückgibt. Aber ich laß die jetzt nicht mehr rein, weil die wolln nur spioniern und schicken dazu ihre Kinder los, statt daß sie selber kommen, die Leitz oder die Schumann, die schon gar nicht mehr, und ich laß mich nicht bekehrn, von denen bestimmt nicht, solln sehn, daß sie selber ihrn Müll hinstelln weiß ich wo, und was aus deren Kindern mal wird, und wenn ich was trinke, dann geht die das einen Scheißdreck an, entschuldige mal, aber das ist ja wohl so. Die Leitz geht auch nicht umsonst zum Glascontainer, wenn's schon dunkel ist, und meine Sachen krieg ich allemal geregelt, und ich brauch's auch gar nicht so dringend. Dienstag war ich letztes Mal was holen. Dienstag auch nur, weil's bei Norma die Wilthener Goldkrone für achtachtundachtzig gab, und ich hab's auch nicht zum Rausschmeißen das Geld und achte drauf. Sonst braucht's ja nicht viel, nur ne neue Waschmaschine wär gut, und dann hätt ich fürs Schlafzimmer gern was Passendes, aber ich beklag mich nicht. Ich geb, wo ich kann, aber zurück kommt nie was. Jetzt hab ich der Roswitha, weil ich's weiß, was von dem Matjessalat rübergebracht, und dann noch auf'n Schluck oder so, aber die bringt's fertig und bietet einem den ganzen Abend nix an, und das mach ich nicht mehr, daß ich rübergeh, weil sie selber nämlich nie was bringt und das nur ausnutzt, und der Junge sagt, Mutti, reg dich nicht auf über die blöden Weiber, dann laß es halt bleiben und mich damit zufrieden, aber ich denk, daß es langsam nix mehr gibt, und dann werden sie's merken irgendwann, was vorher noch war.

Wenn sie nicht aufpaßt, die Schumann, dann wird der Kleine 'n Asozialer, da sieht man jetzt schon was, und ich sag, da kann der nix dafür, das ist alles die Schuld von der Mutter, wenn die sich nicht kümmert und nix Besseres zu tun hat, als nach'n Nachbarn gucken und alles besser wissen. Wie der Georg klein war und der hat geklaut, hab ich gesagt, Junge, das mußte nicht, weil fragste deine Mutti, und dann gibt's doch Geld, und sonst kannste auch fragen kommen, und erzählen sollste, wenn was ist, aber erzählen wolln sie nicht, die Jungs, die reden nix, nur der eine, der Paul, das ist 'n ganz Höflicher, der auch mal guten Tag sagt und sich die Füße abtritt, wenn er reinkommt, und sagt, wie geht's, Frau Potzke. Aber Sorgen macht er mir nicht, mein Georg, und Arbeit hat er und ne eigene Wohnung. Irgendwann wolln sie ja raus, die Kinder, und was hab ich hier. Der kann seine Freunde dahaben, wie er will, und die Mädchen, da hab ich nie was dagegen gehabt, weil's ja auch gar nix nützt, und ich hab sie gern hier gehabt, die jungen Leute, und trotzdem ist's natürlich schöner in der eigenen Bude, hab ich ja auch gemacht, daß ich gleich weg bin von zu Hause. Aber gehabt hat er alles und hat's jetzt noch, sein Zimmer mit den schönen Sachen, und manchmal ist er noch da und bringt die Wäsche, und ich sag, Sonntag kannste doch ruhig mal vorbeikommen auf 'n Sprung, und er sagt, Mutti, laß mich in Frieden, ich muß auch mal was arbeiten, aber sonntags arbeitet der doch nicht, das stimmt doch nicht, sondern reden will er nix, und das war schon, seit er klein war, daß er nix mehr reden wollte. Ich hätt gern ne Tochter, aber gleich nach Georg war dann die Totaloperation, und dann hab ich keins mehr kriegen können, und das war auch besser, weil von den Männern hat sowieso keiner eins gewollt, und so ist's gar nicht erst passiert. Bei der Operation war der Bernhard schon weg, und ich hab den Georg ins Heim geben müssen, solang das war, und das war zwei Wochen, weil die blöde Gans von Schwester nicht glauben wollte, daß es schon wieder besser ist und die Ärzte am Wochenende nicht arbeiten müssen, und da wollt ich einfach so raus, aber im Dreierzimmer liegt immer eine, die dich belauert. Das zweite Mal, wo ich im Krankenhaus war, warn sogar vier im Zimmer, aber da war der Georg schon acht und in der Schule, und ich hatte damals den Joachim, der aufgepaßt hat. Da war ich fast vier Wochen drin und hab richtig abgenommen, daß die Roswitha mich fast nicht erkannt hat, als ich rauskam, so gut wie ich ausgesehn hab, und das sollte 'n ganz neuer Anfang werden, weil der Joachim den Jungen auch gemocht hat und ihn mal mitgenommen hat und ihm was gekauft hat zum Geburtstag und alles. Wie er weg ist, war schlimm, weil das Kind das nicht versteht, warum der nicht dableiben kann, aber anpassen hab ich mich noch nie gekonnt. Daß mir einer sagt, was ich zu tun hab und was nicht und wie ich's machen soll mit dem Kind, was nicht mal seins ist.

Ich komm schon zurecht. Braucht keiner kommen und denken, daß er mir helfen muß. Solln gucken, was sie selber machen. Am Geburtstag kommen sie alle und klingeln und wünschen was und stiern in die Wohnung rein, um sich nachher ihr Maul zu zerreißen, wie's bei der Potzke aussieht. Dann wolln sie Kuchen, und daß ich alle einlad, weil sie's auch machen, aber ich geh nicht mehr vorbei, und bei mir laß ich niemand mehr rein von den Weibern, ich guck durch 'n Spion, und wenn's eine von denen ist, bin ich nicht da. Ich will auch irgendwann mal meine Ruhe haben, ich hab lang genug alles gemacht, und am Geburtstag brauchen sie nicht heucheln und plötzlich fragen, wie's geht, weil das schließlich 'n Tag ist wie jeder andere auch, was soll's, so ist's doch. Ich hab niemand hergebeten, und wenn dann einer wieder weg war, war's mir auch recht, war schon weniger Dreck und mal Ruhe. Ich hab Radio in der Küche und im Schlafzimmer Radiowecker.

Als letztes brauch ich so ’n Bürschchen vom Sozialdienst, der mein Sohn sein könnte und mir sagt, daß er mir helfen will bei der Bewältigung. Weiß ich, was der damit meint, aber ich sag, junger Mann, gehnse nach Hause und gucken, was es da zu helfen gibt. Und zwar schnell, weil ich hab Sie nicht bestellt, und was eigentlich vorliegt gegen mich. Nichts, hat er gesagt, und daß er gerne zum Gespräch bereit wär, aber natürlich nur, wenn ich das auch wollen würde, und ich sag, danke, geredet ist genug, das überlassen wir mal schön denen da oben. Und er soll gucken, daß er sich um seine eigene Mutter kümmert, anstatt fremde Leute zu belästigen und von der Arbeit abzuhalten. Und da hat er noch ’n frechen Blick durchs Wohnzimmer und ist abgezogen, aber so einer fehlt mir grade noch.

Im Krankenhaus gab’s auch eine, die kam nach drei Tagen, wo ich drin war, und hat die Hand gegeben und gesagt, daß sie vom psychologischen Krankenbetreuungsdienst wär oder so ähnlich, und ich hab gesagt, ich dachte, ich bin im Krankenhaus und nicht in der Klapsmühle, und ob sie sich in der Tür geirrt hätte. Und sie sagt, Frau Potze, wenn Sie jemanden brauchen, mit dem Sie reden können, und ich sag, Potzke, Frau P-o-t-z-k-e, mit Ka, und sie guckt in ihr Notizbuch und sagt, Entschuldigung, das war hier falsch eingetragen, und ich denk, was will ich mit einer reden, die nicht mal ordentlich schreiben kann und sich aufspielt wie ne Ärztin mit Halstuch und Brosche und die Haare vom Friseur getönt und von meinen Steuern und Krankengeld von Bett zu Bett zieht und meint, es gibt Kaffeeklatsch. Wie sie zu meiner Bettnachbarin ist, hat sich rausgestellt, daß sie von der Kirche kommt, dabei war das 'n städtisches Krankenhaus, weil zu den Nonnen geh ich nicht mehr. Da war ich, wo ich's dritte Mal drin war, aber da hängen überall Kruzifixe rum, und ich sag, der kann mir auch nicht mehr helfen, und wenn er mir den ganzen Tag aufs Bett starrt. Starrn schon genug im Vierbettzimmer, wie ich dalieg und wer zu Besuch kommt und wie oft's aufs Klo geht.

Nee, ich will nicht mehr rein, das ist genug jetzt, und der Georg ist groß, und sonst bin ich keinem was schuldig, und als letztes red ich mit der Gans von der Seelsorge, damit die 'n Haken hinter Potze macht und ihre gute Tat getan hat. Ich hab's bisher noch immer so geschafft, und seit Dienstag hab ich nix mehr gekauft, und jetzt ist schon Wochenende.

Ins Krankenhaus geh ich nicht mehr. Egal was kommt, und das Wasser krieg ich auch so weg, weil ich seit Dienstag nix mehr geholt hab. Ich laß mir von keinem erzählen, was ich zu tun und zu lassen hab. Das hat der Thomas als letzter versucht, und der hat gar nicht so schnell gucken können, wie er wieder draußen war, und wenn die Leitz noch mal ihr Maul aufreißt, dann werd ich mal erzählen, was ich so weiß, und da soll sie schön aufpassen, weil da kommt einiges zusammen.

Das Wochenende krieg ich auch noch weg, ich hab schon mehr Wochenenden weggekriegt ohne was, und wenn ich's Wochenende weghab, krieg ich die zweite Woche auch.

Sonntagabend gibt's Kommissar Rex, und danach leg ich mich gleich hin, und wenn die Tür richtig abgeschlossen ist vom Schlafzimmer, dann reicht ein Dormikum. Ich hab noch fünf in der Packung aus'm Krankenhaus für zu Hause, weil ich jetzt schon weiß, wann ich's dringender brauch und sparen konnte, wie ich drin war. Wenn ich eins für morgen abend hab und eins für heute, dann geh ich Donnerstag mal fragen beim Doktor Hermann, ob ich noch Valium krieg, weil ich jetzt auch länger keins hatte, und dann aber auch nix zu trinken mehr angerührt seit fast zwei Wochen.

Sonntagmorgen ist's schwer aufzustehn, aber wenn dann die Schumann wieder an der Tür rüttelt, bin ich schneller draußen, als wie die sich das vorstellt, und der Georg kommt vielleicht auch vorbei, und dann geb ich dem die Goldkrone mit, daß er's mitnimmt zu sich, und das wär auch gut, wenn er kommt, damit die Schumann sieht, daß sie mal aufpassen muß, wie sie's treibt, und sich nicht alles erlauben kann.

Das ist schon sicherer, wenn ein Mann mit in der Wohnung ist, vor allem am Wochenende, wo auch niemand arbeitet, und ich weiß nicht, wie's mit Telefon ist im Haus, weil ich jetzt gemerkt hab, daß die das auch schon alles kontrolliern vom Keller aus, wo sie den Kasten mit den Anschlüssen haben.

Ich hab noch fünf in der Packung, und Montag brauch ich vielleicht keins, dann hab ich Sonntag zwei, weil Sonntag ist alles zu, aber Montag geh ich zu Kaufhof und guck, ob sie die Kissenbezüge runtergesetzt haben. Die ham sie letzte Woche auf so 'n Extratisch bei den Kurzwaren gelegt, und meistens wird das dann ein Angebot. Ich weiß aufs Geld zu schaun, sonst hätt ich's auch nicht geschafft mit dem Jungen, und wie die Zeiten sowieso immer schlechter werden, aber ich schmeiß mein Geld nicht raus für so 'n Kinderkram wie die Roswitha. Die hat sich für hundertneunundneunzig Mark ne Kaffeemaschine gekauft, wo sie Espresso mit machen kann, und dann braucht sie natürlich noch die Tassen dazu, so kleine, wo grad ein Schluck reingeht, aber piekfein, die Roswitha. So 'n Kinkerlitzchen brauch ich nicht, hab ich gesagt, ich brauch ne ordentliche Tasse Kaffee, sonst reicht's mir nicht übern Tag, und da hättste das Gesicht sehn solln von der Roswitha. Mich legen die nicht rein mit ihrer Werbung, ich weiß selber, was was taugt, ich geh immer vergleichen, nur Sonntag ist zu, und die Schumann steht den ganzen Tag auf der Treppe rum, daß ich nicht raus kann. Außer sie fahrn zu seinen Eltern, aber da warn sie letztes Wochenende schon, und der Kleine hat gebrüllt, wie er ins Auto rein sollte, als ging's zum Schlachthof, aber das ist auch kein Wunder, weil die Eltern vom Schumann sehn auch aus wie die Metzger, und der Kleine hat das geerbt, der arme Kerl, vom Schumann ganz zu schweigen. Da hab ich mir schon immer was Schmuckeres ausgesucht, und der Georg hat auch Erfolg bei den Mädchen, aber lieber wär's mir, er würd mal was Festes haben und 'n bißchen ruhiger werden. Aber der hat halt den Dickkopf wie seine Mutti, und da kann ich ja schlecht was sagen, wo ich auch immer am liebsten mein eigener Herr bin.

Georg

Pa, ha. Keine Ahnung. Seh ihn kaum noch.

Wir warn mal Kumpel, haben um Bier gewettet. Über die Weiber gequatscht. Was gut ist und so, und dann die Wetten. Einmal ging's um zwei Kästen Bier. Mußte dafür eine flachlegen, war ne geile Braut. Bißchen wenig Farbe im Gesicht, dafür feuerrote Nippel, daß du denkst, bloß kein Alkohol rankommen lassen, sonst Peng. Leider war die Muschi nicht genauso rot. Ich steh auf rote. Wo du siehst, die ist in Benutzung. Ich zieh sie immer aus und mach ihnen die Beine breit. Guck sie mir zuerst mal an. Und dann rein mit der Forke.

Die ich ficken mußte für das Bier, die hatte keine rote Muschi. Leider. Nicht oft benutzt, heißt das. So was sieht man zuerst an der Muschi. Und dann merkt man's. Die liegt dann da und läßt machen und stöhnt nur wie kurz vorm Tod. Ich seh, wenn eine ficken will. Wenn ihr der Kerl egal ist, die Hauptsache ficken will. So hab ich sie am liebsten, das läuft ohne große Show, es reicht, sie will ficken, ich will ficken. Am liebsten, wo du den Saft von der Muschi schon in der Tür riechst, und sie liegt im Bad.

Die Alte beim Fußball, die konntest du riechen. Aber Pa hat keine Ahnung von den Weibern, und deshalb warn das meine zwei Kästen Bier.

Solche hab ich am liebsten, die du riechen kannst von einem Fanblock zum andern, wenn du ne Nase für die Weiber hast. Und die Alte beim Fußball hieß Ficken und zwei Kästen Bier, da macht's nichts, wenn die Muschi nicht rot ist. Nur häßlich dürfen sie nicht sein, bei häßlich krieg ich keinen hoch. Gisela könnt ich nicht ficken. Dabei war sie früher okay. Ist häßlich geworden. Fett und so. Kind. Bescheuerter Mann. Ich kenn sie von früher. Da war sie mal geil, aber heute würd ich sie nicht mehr ficken, soviel ist mal sicher. Und ne Brille hat sie, und Pa hat mit ihr gefickt, und außerdem ist sie dumm wie Mist.

Ich hab Gisela mal gesagt, ich will sie ficken. Hab's nur so gesagt, zum Testen. Darauf sie: »Ich bin verheiratet.«

Sie ist verheiratet! Als ob ich das nicht wüßte. Die blöde Kuh. Dann hat sie mit Pa gefickt. War das etwa ihr Scheißmann?

Mit Häßlichen fick ich nur, wenn's um ne Wette geht. Ich hab mal ne Potthäßliche gefickt, wegen gutem Whiskey. Mit Frank war das, und der Standard, ob ich's an dem Abend packe. Boh, war die häßlich, die hätt ich gekriegt, wenn ich Holzbeine hätte.

Ne Freundin hatte sie mit, aber das war Bedingung, daß Frank die ablenkt. Gefickt hat er sie natürlich nicht gekriegt, die war trocken wie Feuerholz. Meine war häßlich, aber auch wenn die Muschi nicht rot war, hat sie ordentlich mitgemacht. War ne Ausnahme, sonst bringen's nur die roten unter den Glibberhöhlen, Erfahrung, ja. 32 Glibberhöhlen hatte ich, und immer warn die roten die echten Bringer. Das kriegen meine Söhne mal mit auf den Weg, so ne Weisheit kann einem viel Ärger ersparen.

Die Alte an dem Abend war ne Ausnahme. Aber sonst waren's 31 Beweise, und bei der nächsten Wette kommt Beweis 32. Zu dem Thema können Sie mich an ne Fachschule einladen, von mir aus, die brauchen nichts zahlen.

Ich hab ihr die Beine breitgemacht, und da ist die Muschi nicht rot, und ich denk also: Scheiße, schon wieder so 'n Puppenficken. Na, falsch gedacht, was dann kam, war so was von falsch gedacht. Sie denkt nämlich, ich mach ihr die Beine breit, weil ich sie lekken will! Drückt meinen Kopf runter, und ich soll sie lecken! Ich kenn eine zwei Stunden, ich geh mit ihr nur ins Bett für ne Wette, und potthäßlich ist die, und dann guck ich ihr zwischen die Beine, und sie denkt, ich mach das, weil ich lecken will. Scheiße, glaubt man so was. Und komm ich mir blöd vor. Aber ich hab's gemacht. Ne Fotze ist ja nicht häßlich, ne Fotze ist eben ne Fotze. Und es ging um ne Wette.

Vor Jahren ist mir was passiert. Da hab ich eine geleckt, das war keine Wette. Die hab ich abgelutscht, und nach ner Sekunde kommt die. Und sie sagt: »Das ging aber fix jetzt.« Ich sag: »Ist schon okay«, wobei ich egal mein. Und dann will ich auf sie drauf, aber plötzlich will die nicht mehr!

»Ich bin schon gekommen«, sagt sie. Ja klar, hab ich auch gemerkt! Und ich will rauf, sie sagt: »Laß das, später wieder!« und wollte, daß ich aufhör. Ich dacht, hier will einer Clown werden. Klar bin ich trotzdem rauf, und da hat sie gedacht, sie hat Kraft, und dann gemerkt, daß das 'n Irrtum war, und angefangen rumzuschreien. Bis ihre Freundin oder so was reinkommt und mich fortzerrt und hysterisch schreit, wie's nur die dümmsten unter den Dummhühnern tun. Aber ich hab ihn drin gehabt und ne Woche drauf noch ihre Freundin gefickt, was soll der Geiz.

Aber ne Fotze ist nicht häßlich. Und ich leck die Potthäßliche wegen der Wette, und dann ruft sie: »Fick mich!« und zieht mich hoch zu sich. Meister, war die ausgehungert. Keine Spur von Rot an der Muschi, aber Hunger, sag ich.

Ich pack mir ihre Titten, greif so zu, daß es Spaß macht, und reib meinen Schwanz zwischen ihren Schenkeln, wo inzwischen ein Baggersee aufgemacht hat. Und ich hör sie rufen: »Steck ihn rein!« und denk, nun wart bißchen, mich hat ja niemand geleckt, wo soll's herkommen, von Gott? Aber sie stöhnt und quiekt: »Fick mich, fick mich!«

Herrgott, wie soll ich eine ficken, die mir andauernd sagt, daß ich endlich losmachen soll? Und dabei bäumt sie sich noch hin und her, daß ich mich an ihre Titten klammre, um nicht abzustürzen, und mein Schiffchen kommt nicht aus dem Hafen.

Naja, hab ihn doch noch reingesteckt, auf Halbmast immerhin, aber wenn eine zehnmal sagt: »Fick mich«, und in der Zeit kannst du nur neunmal stoßen, dann macht das keinen Spaß.

Sie fragt dann, was mit mir ist, und ich sag irgendwas von viel gesoffen und müde und so, und außerdem soll sie nicht dumm fragen, nur weil der Mann mal nicht den großen Bock auf Ficken hat.

Wir sind dann zurück zu den andern beiden. Auf dem Tisch stand die Flasche Whiskey, und die beiden saßen davor, und wir setzen uns dazu und labern ne Weile so rum. Nur Scheiße. Dann fragt Frank so nebenbei: »Wem gehört jetzt die Pulle?« Und ich nehm sie zu mir und meine andre Hand der Häßlichen aufs Knie. Dann weiter laber, laber, bis die eine aufsteht und sagt, sie müssen gehen. Die Häßliche gibt mir nen Kuß und sagt: »Beim nächsten Mal klappt's.«

Frank guckt bescheuert und fragt dann die Häßliche mit nem Grinsen, das er aus nem Schwarzeneggerfilm hat, ob ihr der Abend denn Spaß gemacht hat. Sie grinst zurück und meint, ihr bestimmt, aber er muß mich fragen, weil da hat sie Zweifel. Und ich dreh durch und merk, wie ich Wut bekomm und wie ich Frank und die Häßliche und ihre Seidenschalfreundin hasse, und ich sag ihr: »Guck mal in den Spiegel, dann weißt du, wieso man bei dir keinen hochkriegt.«

Sie hat mich angeguckt, ihre Freundin wollte sie in den Arm nehmen und fortziehen, »Schweine« oder so was hat sie gesagt. Aber die Häßliche hat nur geguckt und nichts gesagt und dann genickt. Einmal nicken und dann umdrehen und fort und nie wieder gesehn, bloß gut.

Frank wollte wissen, was los war, ich sag ihm, daß die zu häßlich war zum Ficken. Er sagt: »Dann wieder her mit der Pulle.« Und ich sag: »Nee, weil ich hatte ihn drin.«

»Hast du gespritzt?« fragt er, und ich sag, daß die Wette auf Flachlegen lief, und von Spritzen war kein Wort. Der Schatz will streiten, da hab ich die Schnauze voll und greif mir die Schweineflasche und gieß mir die Hälfte auf Ex in den Hals. »Trink, wenn du was willst«, sag ich und geb ihm die Flasche. Halbe Stunde, und wir warn beide eingepennt.

Bei ner Häßlichen krieg ich wirklich keinen hoch. Ist so. Du mußt es denen nicht sagen, aber manchmal gibt's ne andre Art von Müssen.

Mit den Weibern hatt ich nie Probleme. Weiber sind Probleme, aber wenn du den Moment abpaßt, wo sie ihren BH bei dir vergessen und dann sagen: »Macht nichts, hol ich beim nächsten Mal ab«, ab da ist's eben Zeit, sich wieder umzugucken. Nur so kommst du gut durch, wenn du Kinder nicht leiden kannst und Gardinen am Fenster auch nicht, und wenn du lieber fickst, als mit einer schön was zu essen. Nichts gegen schön essen, aber wenn ne Frau damit kommt, bin ich mißtrauisch.

Keine Ahnung, wozu ich mir ne lange Story antun sollte. Soll Leute geben, die nur da drauf stehen. Geht mir das Kapische ab bei so was.

Nach drei Nächten weiß ich, was ihre Eltern machen, was das Tollste an der Schulzeit war, und ob's weh getan hat beim ersten Mal. Als Zugabe krieg ich noch gesteckt, ab wann sie den Daumen aus dem Mund genommen hat und was ihre Träume bedeuten.

Ich hab nichts zu sagen, was sie hören wollen, die Weiber. Von wegen Liebe und Träume. Oder was ich machen will, wenn ich sechzig bin.

Wenn ich sechzig bin, bin ich sechzig. Mehr weiß ich nicht, und mehr gibt's nicht zu sagen. Und Liebe sag ich, bevor's ins Bett geht, und danach können sie ruhig merken, daß ich kein Stück von dem Schmus glaub.

Meine Mutter hat von Liebe gequatscht. Von ihr weiß ich, was Liebe sein soll. Wenn ich sonst nichts beigebracht gekriegt hab von ihr, darüber hat sie garantiert 'n Lehrbuch gehabt. Und besoffen war sie, sobald sie früh 'n Bein aus dem Bett raushatte. Hat sie's nur zur Hälfte rausgehabt, hat sie über Teppichbeläge und Waschmaschinen gequatscht. Und, na klar, über Liebe. Dafür hat sie garantiert auch nen Katalog gehabt. Da stand zum Beispiel drin, daß ich sie lieben muß, wie sie mich liebt, weil ich ihr Sohn bin. Und daß der Sohn seine Mutter nie versteht, aber daß das nichts ändert an der Liebe. Na klar. Da hat sich wirklich nichts geändert. Besoffen ist sie, seit ich sie kenn, und das ist seit immer.

Ich mein, nicht daß ich was gegens Trinken hätte. Aber auf gar keinen Fall. Keiner weiß weniger als ich, wieso ich was gegens Trinken haben sollte. Aber nicht wie meine Alte. Nicht dieses Alltags- und Ewigsaufen, daß man das Fressen und Feiern dabei vergißt. So was nicht. Aber die Mutter hat ja nicht aus Spaß gesoffen. Die ist ja lieber gestorben, als mit dem Saufen aufzuhören. Geht mir das Kapische ab, kann ich drauf pfeifen, aber verbieten würd ich so was.

Die Weiber sind wirklich nicht wichtig. Die haben nur Glück, daß auch sonst eben nichts wichtig ist. Weiber sind wie schlafen. Schlafen mußt du nun mal, aber immer schlafen willst du auch nicht.

Meine Mutter wollte vielleicht immer schlafen. Geht nicht, also ne Schlaftablette rein, und dann noch 'n paar, wenn's eine nicht mehr bringt. Einmal kam sie besoffen zum Elternabend. War gut. Wenn einen die Lehrerin am nächsten Tag beiseite nimmt und fragt, ob's okay ist zu Hause und ob man irgendwie eingreifen soll von oben, von nem Amt aus oder mit nem Psychiater. Ich hab der gesagt, sie soll sich um ihren eignen Dreck zu Hause kümmern, und hab gewußt, daß ich jetzt besonders beobachtet werd. Aber passiert ist nichts mehr.

Am Lehrerabend hatte meine Mutter der Lehrerzicke vorgeheult, was für 'n guter Junge ich bin, und weil sie dabei gelallt hat, kam das Ganze überaus seriös, ne klasse Show, hätt ich Eintritt für bezahlt. Meine Mutter ist nie mehr zum Elternabend gegangen.

Als ich fünfzehn war, hab ich meiner Alten mal die Flaschen ausgegossen. Die hat mich nicht mal geschlagen dafür. Hat nur die leeren Flaschen angeglotzt und dabei nen Pulli in der Hand gehalten, den sie grad gestrickt hat für mich. Ich hab diese Scheißpullis nicht getragen, seit ich dreizehn bin. Mit dreizehn konnte sie mir nicht mehr befehlen, das Zeug anzuziehen. Aber sie hat einfach immer weiter gestrickt. So ne Art Wichsen war das für die. Und als ich ihr die Flaschen ausgegossen hab, ist sie losgegangen und hat sich neue gekauft, und für Klamotten war kein Geld da. Und was Handgemachtes ist doch viel schöner.

Aber was soll's. Verlierer gucken zurück und sagen, ach wie schlimm. Mich hat das alles schon damals nicht gejuckt, also wieso sollte es jetzt.

Ich hab Gisela einfach mal gefragt, als ich an der Kasse stand. Nur pro forma. Bißchen nett sein, weil ich ja immer Zigaretten mitgehn lassen hab, und sie hat immer das Maul gehalten. Ich bin immer bei ihr stehengeblieben, wenn's nicht so voll war, und sie konnte was von ihrem Kind labern oder so tun, als macht's ihr nichts aus, da in dem Scheißding zu sitzen und zwischen zehn Tasten zu wählen den ganzen Tag. Na, und plötzlich sagt sie, ja, sie kommt gern zur Party.

Hab nicht geglaubt, daß sie dann wirklich kommt. Aber am Abend sitzt sie da und hört zu und bringt kaum ein Wort raus. Aber sie hat zugehört und danach gesagt, daß es schön war. Mich haben sie gefragt, wer das war, ne Bekannte, was soll ich sagen. Warn halt mal in derselben Clique. Mehr nicht. Und ich gehör zu den wenigen, die ihr mal an die Titten gefaßt haben, damals, bevor sie ihren Scheiß-Mirko getroffen hat. Der war 'n paar Jahre älter und hat geglaubt, jetzt gehört sie ihm, und sie hat's auch geglaubt. Sie hat jedem alles geglaubt, aber dann hat sie nur noch ihm geglaubt. Wenn jetzt einer was über die Weiber im allgemeinen denkt, will ich's ihm nicht ausreden.

Warum sind die Weiber so? Keine Ahnung. Aber angenommen, die Weiber wärn ohne Arsch und ohne

Titten zum Anfassen, oder wir wärn plötzlich alle schwul, die wärn doch verloren. Wenn das alles nicht wär, die ständen doch plötzlich da.

Es gibt Leute, die sagen, nur Arschlöcher schlagen. Aber mal ne Frage: Wenn eine nur noch Chinesisch versteht, und du willst ihr sagen, daß sie vor dir abhauen soll, weil du sonst nen Schreikrampf kriegst oder zu heulen anfängst oder irgendwas anbrennst oder 'n Messer nimmst, dann ist es doch besser, ihr mal eine runterzuhauen. Nur so, ne Ohrfeige, da stirbst du nicht von. Wenn meine Alte mir 'n paar runtergehauen hat, bin ich nicht krank geworden. Nicht mal gejuckt hat's mich. Das warn andre Sachen, die mir was ausgemacht haben, nicht ne Ohrfeige. Also ich mein, warum sollst du's dann nicht machen? Ich seh nicht, was mir einer anbieten kann. Hatte noch kein bessres Angebot als ne Ohrfeige. Und ne Ohrfeige versteht jeder, und Chinesisch verstehn eben nur 'n paar, mich nicht eingeschlossen. Ich hab immer kapiert, was ne Ohrfeige bedeutet. Und jeder Chinese hätte das auch kapiert. Und was ich danach gemacht hab, hatte nichts mit der Ohrfeige zu tun. Da hätten auch Worte nichts geändert, oder wenn ich Chinesisch oder Hinduistisch gekonnt hätte. Jeder nutzt das im Leben aus, wo er stärker ist, also warum soll das mit den Ohrfeigen anders sein.

Pa ist ein Weichei. Im Supermarkt hat er mal 'n paar Regale kleingehauen, mit ner 2-Liter-Colaflasche hat er das Chappi und die Katzenstreu durch die Luft fliegen lassen, daß man in Deckung gehn mußte, da ist er mal nicht verkrampft gewesen. Weil er da besoffen war. Aber sonst? Aber sonst ist er 'n Weichei, und man sollte ihm den Alkohol täglich in Pillenform verabreichen, weil das Medizin für ihn ist.

Oder die Sache mit dem Besoffnen. Ist von einer Haustür zur nächsten getorkelt und hat seine Haustür nicht gefunden und nach Kotze gestunken, der Idiot. Ich hab gesagt: »Wer nichts verträgt, der muß bestraft werden, bis er's kapiert.« Der hat das gar nicht mitgekriegt, wie ich ihm sein Geld geklaut hab, der glaubt garantiert heut noch, das ist ihm rausgefallen irgendwo, oder der Wirt hat's eingesteckt. Pa hat nicht mitgemacht. »Laß das«, hat er gesagt, und ich hab's nicht gelassen, und er hat nichts gemacht dagegen. Das sind Verlierer. Solche, die sagen, das und das kannst du nicht machen, die dann aber auch nichts dagegen tun. Die lieber nicht rausgehn, wenn's regnet. Solche verliern immer.

Und Mitleid ist das Beschissenste. Mit Mitleid machen sie dich klein. Ich sag immer: Nach Scheiße darfst du dich nicht umdrehn. Sonst gehst du kaputt. Sonst hat dich jeder mit nem kleinen Trick an der Angel.

Meine Mutter hat am Schluß auf Mitleid gemacht. Als sie schon ganz unten war. Hat gemerkt, daß sie was falsch gemacht hat, daß die Kiste fast zu ist, und wonach greift sie: klar, nach Mitleid.

Ich hätt da nachgeben können. Ich hätt ja auch Pfarrer werden können. Aber ich bin kein Pfaffe geworden, und wenn du mir nen Pfaffen hinstellst und mir 'n Gewehr gibst, kann ich dir sogar nen toten Pfaffen zeigen. Es gibt Sachen, die brauchst du, um durchzukommen.

Ich hab mal eine gehabt, die wollte sich nicht eher fikken lassen, als wie ich ihr sag, ob ich mal heiraten würde, rein theoretisch. »Klar«, hab ich gesagt. Wer weiß denn, ob's mir mal nicht ins Gehirn regnet, hab ich gedacht.

Hab noch nie eine gehabt, die sich so an mich geklammert hat, als ich meine Sachen genommen hab. Hat mich umklammert wie ne Ringerin, obwohl sie nen Körper von ner Zwölfjährigen hatte, und ich hatte Angst, ich brech ihr was, als ich sie wieder in ihr Bett gesteckt hab, wo sie dann liegengeblieben ist.

Mit solchen kannst du nicht reden. Wenn du denen sagst, wie's im Leben ist, lieben die dich nur noch mehr. Dafür, daß du soviel mehr weißt als sie. Dabei könnten die wissen, was sie wollen, glauben würden sie's trotzdem nicht. So sind die Weiber einfach nicht gemacht, daß sie das kapiern. Frag mich keiner, was schön dran ist, den ganzen Tag belogen zu werden.

Wir warn mal Freunde, kleiner Pa und großer Georg. Er war vier Jahre jünger, und ich war sonst sowieso für alle der Chef. Es hat nie einer Chef sagen brauchen, aber wenn du einen fragst, wird er's sagen. Mir steht er, seit ich denken kann, und das bedeutet ne Menge, und zeig mir nen Lehrer, vor dem ich Angst gehabt hätte, oder bring mir die Flasche, die ich nicht ausgeleert hätte in ner Minute. Ich hab zwar Scheißgene, aber die erste hab ich gefickt, da war ich dreizehn und sah noch schlechter aus als jetzt, wegen der Scheißpickel. Die Sache lief in unsrem Wohnzimmer. Keine Ahnung, wo meine Mutter war. Ich hab der Kleinen gesagt, daß ich das schon oft gemacht hab, und hab ihr was zu trinken gegeben, damit's nicht weh tut. Was die weggetrunken hat, Wahnsinn. Dann hat sie gekotzt, was nicht grad feinfühlig war. Aber sie hat gesagt, daß es ihr gefallen hat.

Ich seh nicht besonders aus. Aber ich mach Krafttraining, und an meinen Schwanz kannst du nen Goldbarren hängen, und er merkt's nicht mal. Und wenn du die Weiber einmal durchschaut hast, wird's ganz einfach. Du mußt nicht klug sein, du mußt nur von einer wissen, warum sie nicht allein aufs Klo gehn kann.

Es gibt mindestens tausend Wichser in dem Block, wo ich wohn. Prozenten davon hab ich schon mal was aufs Maul gehaun, mindestens hab ich ihnen gezeigt, was sie noch mal für Glück hatten. Du kommst besser klar mit Leuten, die Schiß haben. Nur wenn du's drauf anlegst und einer hat immer noch keinen Schiß, dann mach nen Vergleich. Weil dann ist er wahrscheinlich stärker als du.

Bei einem war's haarig. Sagt der zu mir: »Heb das auf. Vor meine Haustür schmeißt du das nicht hin.« War chinesischer Mist, den ich nicht mehr wollte. Sag ich: »Hast du keine Mikrowelle?« Er beleidigt mich, und ich will ihm das Zeug ins Maul stopfen. Aber der Idiot läßt es sich lieber im ganzen Gesicht verteilen.

Am nächsten Tag stehn die Bullen vor meiner Tür, und ich verbring die Nacht auf der Wache. Was nicht schlimm war, weil der Typ in meiner Zelle ordentlich

Storys auf Lager hatte. Und zur Strafe hab ich den Bullen noch das Auto vollgekotzt, kann ich auf Kommando, ist ein Naturtalent von mir und für viele Fälle ganz praktisch.

Und ich hab gleich noch mit Herrn Nachbar gesprochen, ganz vertraulich unter vier Augen. Hab ihm von guten Freunden von mir erzählt, gelacht hat er. Und seine Anzeige zurückgezogen. Jetzt grüß ich ihn immer auf der Straße, auch wenn er nicht zurückgrüßt.

Wenn du's dir leisten kannst, höflich zu sein, ist es das beste.

Der in meiner Zelle kannte Storys. Der hat die ganze Nacht das Maul nicht zugemacht. Nur zu trinken hatten wir nichts. Dabei hätt ich die Bullen gut bezahlt, solln ja ganz mies verdienen, die armen Säue.

Der hat mir also erzählt, wie er Autos knackt, fünf Stück die Woche. »Kannst du grad von leben«, sagt er. Drangekriegt haben sie ihn wegen nem geklauten Fahrrad.

War ne verdammt lustige Nacht. Aber was sind Autos gegen Weiber. Von nem Auto kannst du nicht ne Stunde lang erzählen, und du kriegst auch keinen Steifen von. Pro neue Fickstory hab ich blaueres Blut gekriegt.

Nen Monat später hat er bei mir angerufen und gefragt, wann die nächste Party bei mir steigt. Klar war's meine Pflicht, ihm was für die Nacht zu besorgen. Und weil ich 'n guter Gastgeber bin, hab ich ihm so ne rote Muschi besorgt, der hättest du Ketchup drübergießen können, da wär kein Unterschied gewesen. Er hat mich gefragt, was ich ihm für nen alten Mercedes geben würde. »Nen Hunderter«, sag ich. Das Ding hab ich zwei Tage drauf für nen Tausender weiterverscheuert.

Knast ist nicht schlimm. Vor Knast brauchst du keinen Schiß zu haben, außer du bist Wasserbettfreak oder so was. Essen, Bett, Heizung, völlig okay, wenn's nicht länger als ne Woche mit Muschi- und Alkoholentzug dauert.

Aber so was solln die drin ja auch haben. Wenn du ne Weile drin bist, kriegst du alles genauso wie draußen. Manches besser. Und das Arschgeficke ist das Märchen von dem Knast, in den sie keine Nutten kriegen. Aber von dem Knast hab ich noch nichts gehört, in den du nicht alles reinkriegst. Das mit dem Arschgeficke soll einen nur abschrecken.

Ich hab von nem Knast gehört, in den sie 'n Auto gekriegt haben. Damit sind sie dann im Hof rumgefahren. Vielleicht war's 'n Kabrio, und sie haben das Autoradio so weit aufgedreht, daß der Rest dazu Tango und so nen Kram getanzt hat.

Wenn du die Weiber kennst, weißt du, was sie hören wollen, nämlich immer dasselbe, und du hast keine Probleme. Die Weiber wolln solche, die mehr über sie wissen als sie selber. Dann machen sie die Beine schneller breit, als du gucken kannst. Als wärst du Richard Gere oder so was. Klar hilft's, wenn du der Chef bist auf jeder Party. Die merken sofort, wer der Chef ist. Und ich bin Chef gewesen, seit ich meine erste Spermaveröffentlichung gehabt hab. Da war ich dreizehn. Und du kommst am nächsten Tag in die Schule, und alle sehn sofort, daß du den andern Blick draufhast. Und dann wirst du gefragt, und vor allem mußt du grinsen und erst mal gar nichts sagen, bevor nicht zwei, drei Stunden vergangen sind. Wenn du schneller als die andern deine erste flachlegst, dann bist du King Elvis und Tarzan. Und nicht nur die Kerle wissen, daß du dich mit Weibern auskennst, auch die Weiber kriegen das sofort mit. In dem Alter kannst du die andern allein mit deinem Schwanz führen, das reicht völlig. Pech für die, die das kapieren, aber nicht umsetzen können. Doppelt Pech für die.

Es kommt auch gut, wenn du den Weibern vom Knast erzählst. Wie gesagt, mir würd's nichts ausmachen, wieder in den Knast zu gehen. Nur meine Mutter hat sich nicht wieder eingekriegt, wegen der einen Nacht. Aber ich wußte schon vorher, daß sie's weiß, und hab zugesehn, daß sie schnell was zu trinken kriegt auf den Schreck. Hab ihr sogar was mitgebracht dafür, Beruhigungsmittel sozusagen. Damals hab ich noch bei ihr gewohnt. Gehörte zu den seltnen guten Zeiten, die ich mit meiner Alten hatte, wenn wir zusammen besoffen waren.

Kiffen will sie nicht, das ist Teufelszeug. Das hat sie nie angerührt, und darauf ist sie auch noch stolz. Schiß hat sie und dämlich war sie, meine Mutter.

Ich kiff zwar auch nicht mehr, weil ich dann immer nur breit bin und mein Maul zugeschweißt ist. Aber sie hat's nicht mal probiert, kein einziges beknacktes Mal.

Und dauernd haben sie ihr im Krankenhaus was vom Entzug erzählt, ohne den sie jetzt verrecken würde, aber vom Kiffen hat ihr niemand dort was erzählt. Das hätt vielleicht was geholfen, wenn sie zum Ausgleich mal ne Weile gekifft hätte.

Ich hab dann auch 'n paar Autos mitgeknackt, bis mein Zellenkumpan in ne andre Stadt gezogen ist. »Wird mir zu heiß hier«, hat er gesagt. Und da hatt ich dann auch keinen Bock mehr. Aber nicht, weil ich jetzt Schiß gehabt hätte, nee, nur allein macht's keinen Spaß. Und Pa hatte immer ne Ausrede, und zuletzt hab ich ihn kaum noch gesehn, und Freunde sind wir schon gar nicht mehr.

Hab Pa kaum noch gesehn in letzter Zeit, seit er mit Gisela Schluß gemacht hat. Hatten ja diesen Streit wegen ihr. Hab ihn, glaub ich, noch dreimal gesehn, mehr nicht. Einmal kam er, als meine Mutter grad tot war, mir war gleich klar, daß er jetzt denkt, er wär der große Tröster, und vielleicht hätt ich ihm noch was vorheulen sollen. Nee, ich hab ihm gesagt, daß ich grad beim Ficken bin, und er soll 'n andermal wiederkommen, was er aber bis jetzt nicht gemacht hat. Ich würd sowieso jedem, der mir mit Mitleid kommt, am liebsten 'n paar in die Fresse haun. Mit Mitleid drehn die ganzen kleinen Fische die Angel um, und schon zappelst du ohne Chance. Nicht mit mir.

Und dann hab ich ihm gesagt, daß unser Herzchen Gisela ihr Kind aus dem Fenster geschmissen hat. Und daß sie jetzt in der Klapper sitzt, wo sie immer schreit, daß sie ne Mörderin ist. Und noch ’n andermal hab ich ihn gesehn, ich glaub, da ging’s um CDs, die ich noch von ihm hatte.

Jetzt ist er schon ne Weile mit ner ganz Komischen zusammen, ist ganz bürgerlich geworden, das Bübchen. Die soll auf Heroin sein oder so was. Und er soll kaum noch rausgehn und kaum einen mehr kennen von der alten Truppe, so was machen die Weiber mit dir, wenn du sie läßt. Ich mein, alte Truppe kann man kaum sagen, wir warn Einzelgänger, Frank, Pa und ich. Aber irgendwann konnten wir noch ganz gut zusammen, besser als mit allen andern, Frank, Pa und ich. Aber dann zeigt sich doch, was für Schuhe man trägt. Am Ende werden auch die zu Verlierern, wo du geglaubt hast, die könnten’s schaffen.

Wenn ich wollte, könnt ich sofort wieder arbeiten. Aber ich wüßt nicht, wozu. Krieg noch ein Jahr Arbeitslosengeld, und wenn der Staat so dumm ist, dann von mir aus.

Meine Mutter hat nichts von mir gekriegt. »Versäufst du sowieso«, hab ich immer gesagt.

»Nee, ich brauch’s für ne neue Waschmaschine«, kam dann zurück. Für ne Maschine hätt’s sowieso nicht gereicht, was ich ihr hätt geben können. Und daß sie selber was sparen konnte, das war ja undenkbar. Das Geld war immer vor dem Alkohol aus. Immer. »Ich brauch doch ne neue Waschmaschine. Wirklich.« Und dann ging’s immer auch so weiter. Und jetzt, wo sie tot ist, weiß ich auch, was sie gespart hat. Ich hab ja geerbt.

Super. Ein überzognes Konto und Schulden vom Versandhaus hab ich geerbt. Und ne alte Waschmaschine, die immer noch laufen würde, wenn ich sie nicht auf den Müll geschmissen hätte.

Es gibt ne Menge Vorteile, wenn deine Mutter säuft und du auch keinen Arsch von Vater hast, der dir sagt, was du mal sollst so wie er oder wann du zu Hause zu sein hast, oder der dir wie ein Scheißbruder auf die Schulter klopft, wenn du ne gute Zensur mitgebracht hast.

Mein Vater kriecht garantiert irgendwo auf dem Boden rum wie meine Mutter auch. Ich glaub nicht an den Schmus, von wegen, der Vater ist bestimmt was ganz Großes oder so. Meiner garantiert nicht. Warum sollte der sonst eine wie meine Mutter genommen haben.

Jedenfalls, war auch gut, daß meine Mutter gesoffen hat. Wenn sie am Abend angefangen hat zu saufen, hab ich genau gewußt, wann ich weg kann und wie lang's dauert, bis sie wieder was von mir merkt. Ich hab noch Musik gehört und auf neuen Autos rumgesessen und mit ner leeren Bierdose den Lack zerkratzt, wenn die andern schon lange pennen mußten. Hab mich sowieso bald nicht mehr mit denen aus meiner Klasse abgegeben. War dann mit den Typen aus höheren Klassen zusammen. Die haben schon nicht mehr zum Spaß geraucht, die brauchten das schon. Und wenn du da vier Bier in ner Stunde getrunken hast, hat das nicht mal einer mitgekriegt. Aber sobald du denen von den Weibern erzählt hast, da haben sie alle zugehört. Und wenn du schon bißchen was erlebt hast, kannst du denen alles erzählen, da glaubt dir jeder alles.

Es gab in der Clique nicht viele Mädchen. Grad mal drei. Eine war Gisela. Ein Jahr jünger als ich und mit den größten Titten gesegnet, die ich bis dahin live gesehn hatte. Die zwei andern Mädchen in der Clique hatten dagegen nur Luftblasen in der Bluse.

Auf Giselas Milchtüten warn alle scharf. Und manchmal hat sie wen rangelassen, aber nur an die Titten, und auch nicht viele. Ich war, na klar, dabei. Mann, solche Titten anfassen. Solche, die du nicht in die Hand kriegst, weil du keine Männerpranken hast, sondern feuchte, geil verkrampfte Kinderhände. Gelacht hat die, wenn wir sie soweit hatten, daß man mal ran konnte, dabei interessiert geguckt, als wärn das gar nicht ihre Titten, die da angegrabscht werden. Gestöhnt hat sie jedenfalls nicht. Obwohl man das irgendwann wollte, daß man sie so anfassen kann, daß sie stöhnt. Gisela hat nicht gestöhnt. Als ging's nicht um Sex, sondern um ne Spielerei. Die war schon damals dämlich. Nur häßlich noch nicht, das konnt man nicht grad sagen. Zwar keine Schönheit, aber sie war ne Frau, wo alle andern nur Luftblasen hatten und in Poster verliebt waren. In Giselas Zimmer kann ich mich an keine Scheißposter erinnern.

Ich hatte ihre Titten in den Händen, und sie warn weich wie Kissen, aber gleichzeitig fest wie Panzerkettenteile aus Hartgummi. Wenn ich seitdem mit andern gefickt hab, und ich hatt nur so kleine mickrige Dinger in der Hand, hab ich an Giselas Glückstitten gedacht. Leider hat sie nur an ihre Titten fassen lassen, alles andre war tabu, und Ficken war Hochsicherheitstabu.

Beim Drüberreden konnte sie kichern, aber daß man's wirklich mit ihr machen könnte, daran wollte sie nicht mal denken. Und es hat sie auch keiner gefickt, bis Mirko kam, was andres würd ich wissen, weil's keiner für sich behalten hätte. Das wär's gewesen, als erster die Gisela zu ficken und dann nichts zu sagen. Und alle wollten es, und keiner hat's vor dem Scheiß-Mirko gepackt.

Was sie an Mirko gefunden hat, keine Ahnung, außer daß er ordentlich älter war als sie und vor allem als wir andern aus der Clique, und er hat schon verdient und nen Wagen gehabt. Und wir warn plötzlich zu jung für sie, wahrscheinlich hat er ihr das zehnmal am Tag ins Essen gestreut und in die Möse gemeißelt.

Es muß nichts an ihm drangewesen sein, er muß nur gesagt haben, daß es so wär, so ist das im Leben, und dann kommt der Schwanz rein, und das Hirn macht vollends den Abgang.

Als sie mit ihm gegangen ist, warn klar auch die Titten tabu für uns, und dann hat sie auch die Clique nicht mehr interessiert. Vielleicht war sie da nur drin gewesen, damit ihr mal einer die Titten streichelt.

Es hat mich verrückt gemacht, daß diese Luftnummer sie als erster gefickt hat. Ein Auto hätt ich auch schon fahren können, nur nen Führerschein hatte ich eben noch nicht. Und Mirko hat sie gefickt, und wahrscheinlich war sie auch die erste für ihn, so dämlich wie er aussah. Ich hatte allen erzählt, daß ich sie als erster drankrieg, und ich hab mich wirklich nur ganz ganz selten jemals geirrt in so was. Irgend jemand hat irgendwann diesem Mirko seine Autoreifen zerstochen. Na, keine Ahnung, wer der Schelm gewesen ist.

Giselas Titten warn Klasse gewesen. Und wenn man's geschafft hätte, daß sie stöhnt, hätt man sie vielleicht auch richtig drangekriegt. Aber weil sie nie gestöhnt hat, hatten wir eben keine Chance. Aber besser als nichts war's, sogar verdammt besser als nichts.

Ich war nicht in Gisela verknallt gewesen, das behaupten nur welche mit Löchern im Hirn. Aber wenn ich sie hätt ficken können, dafür hätt ich schon was weggegeben. Für so ne Mischung aus Hartgummi und Kissen.

Bei drei Gramm Mumm in den Knochen hätt er nicht Schluß gemacht mit Gisela. Aber Pa ist ein zu kurz gekochtes Ei, er konnt es nicht verkraften, was ich gesagt hab über sie. Er hat gesagt, ist ne Lüge, daß sie häßlich und dumm ist, und dann hat er seinen Schwanz weggesteckt und tschüs gesagt zu ihr. Und deshalb kann er mir auch gestohlen bleiben, er ist ein Schwächling und ein Verlierer. Das weiß er auch. Da kann er mich nachmachen, wie er will. Guck nur seine Bude an! Ne Matratze auf dem Boden, und in den Ecken Bierdosen und leere Weinflaschen, und nun frag einer, bei wem das genauso ist. Und wenn er geht, geht er wie ich, aber nicht halb so gut. Pa denkt, er hat Eier zwischen den Beinen, aber das sind gekochte. Und sein Gelaber, daß man Frauen nicht schlägt und daß er seine Freiheit braucht. Müll in Tüten. Wenn du einer sagst: »Hau ab«, dann weil du deine Ruhe haben willst. Und wenn du eine nicht schlägst, dann weil du ein Weichei bist. Und Pa weiß, daß er 'n Weichei ist und daß man so keine Frau kriegt und immer Verlierer bleibt. Ich sag nur, die Weiber wolln Kerle, die fest zupacken und dann loslassen. Kerle, die nicht loslassen können, wolln sie nicht. Aber Pa kommt aus nem Haus, da gab's immer genug Kohle, und solche wie meine Mutter oder wie ich wurden da schief angeguckt. Und jetzt will Pas Mutter nichts mehr mit ihm zu tun haben, weil Pa so lebt, wie man's eigentlich nicht darf, dabei lebt er noch nicht mal so wie ich.

Pa hat meiner Mutter mal ne Flasche Schnaps geschenkt. Hatte sie für sich im Supermarkt geklaut, aber dann meine Mutter draußen getroffen und sie ihr gegeben, so was in der Art hat mir einer erzählt. Das war, nachdem er sie gefickt hatte, ne ganze Weile danach, vielleicht ein Jahr. Der Kerl hat meine Mutter gefickt und sich nicht getraut, mir ein Wort zu sagen. Aber vor andern konnt er seine Schnauze nicht halten.

Ich mein, es gibt Gründe, warum's mir ziemlich egal ist, daß sie jetzt tot ist. Aber was ich vor allem mein, ist, daß Pa genauso schwächlich ist wie alle andern und denkt, er ist irgendwelchen Leuten irgendwas schuldig, dabei bist du niemandem was schuldig außer dir selbst, und das auch nur, wenn du was hast davon.

Ich will keine lange Story. Vielleicht, wenn mal eine kommt, die das Maul halten kann. Wo du im Bett liegst, und ihr habt's gemacht, und du kannst einschlafen oder an die Decke starren oder einfach ihren Arsch anfassen, bis du einpennst. Das wär vielleicht was. Wo du am Morgen aufstehn kannst und gehn, und du wirst nicht gefragt, wohin. Und wenn du dich vollaufen läßt, dann sagt sie nichts, sondern singt vielleicht oder tanzt für dich rum, aber sie findet's jedenfalls voll okay, wenn du einfach besoffen sein willst. Oder sie säuft mit, bis sie umfällt und du auf sie drauf, so was wär vielleicht mal was für ne lange Story. Aber solche Weiber kenn ich nicht. Wenn du dich normalerweise vollaufen läßt oder nach dem Ficken keinen Ton mehr sagst, dann spürst du genau diese Blicke, und du weißt wieder, wieso die Weiber so oft verlassen werden.

Die Pa jetzt hat, die soll still sein. Die soll ja nur rumliegen und vor sich hinstarrn irgendwie. Das ist es ja auch nicht. Da willst du was machen, und sie liegt einfach da und starrt nach Hawaii, und es stört sie nicht, wenn deine Eier blau anlaufen und platzen. Und Hawaii ist ne Scheißinsel voller Touristen, die alle mit den Insulanern ficken, und dir platzen hier vor Frust die Eier, dabei suchst du bloß eine, die genauso drauf ist wie du selbst. Aber so was kenn ich nicht. Wenn's die gäbe, ich würd mich verlieben, daß andre Lieben ein Dreck dagegen sind, ein Dreck, sag ich.

Aber gäbe und wenn und hätte, bis dahin sind die Weiber ne Matratze, auf der du gut liegst, und fertig, aber du darfst nicht zu lange liegenbleiben, sonst hast du die Flöhe am Hals, und bald kannst du die Flöhe nicht mehr von plärrenden Bälgern unterscheiden.

Ich bin immer als erster aufgestanden. Stell dir vor, du willst selbst noch dableiben, und die wischt sich die Muschi ab und sagt, daß du deine Sachen nehmen kannst. Hat seinen Sinn, daß es so eine nicht gibt.

Ich war zwei Jahre Maurer. Am Ende hat der Meister angefangen, mich wie seinen Sohn zu behandeln. Ich hab die ganze Zeit gedacht, hoffentlich ist er nicht schwul und holt noch irgendwann seinen Schwanz raus vor mir. Aber er hat nicht seinen Schwanz rausgeholt, sondern hat mich entlassen, die Sau, ohne irgend nen Grund anzugeben. Ich frag ihn, wieso, und er sagt, ist halt so. Dabei hat er sich vorher einen abgebrochen, hat mich zu sich nach Hause eingeladen, zum Kaffee nach Feierabend. Gab Marmorkuchen und Cognac dazu. Und er hat nach jeder Scheiße gefragt, daß ich denk, der muß schwul sein. Weil ne Frau hab ich auch nie gesehn. Vielleicht hat er auch einfach geschnallt, daß aus uns nichts wird. Und da hat er verdammt recht gehabt. Ich hätt ihm nen Knoten in seinen Schwanz gemacht, wenn er den rausgeholt hätte, der hätt ihn in keinen Arsch mehr gekriegt sein Leben lang. Und die andern guckten schon komisch und wollten witzig sein, aber ich hab einem paar aufs Maul gehaun, stellvertretend für alle, danach hat keiner mehr geguckt.

Ist halt so, hat diese Sau gesagt und gedacht, das reicht. Ich hab ihm ins Gesicht gespuckt und gesagt, daß er 'n Verlierer ist und daß ich nen Job krieg, wo ich will und wann ich will, und er aber bestimmt nichts andres mehr kriegt, bis er tot ist, was sowieso nicht mehr lang hin ist. Ich hasse diese Schwulen, scheißfreundlich, dabei wolln sie nur an deinen Arsch.

Ich hab genug Geld, ich brauch nicht viel. Zimmer, Essen, Bier, dann steht er mir.

Wer gut leben will, muß ihn auch noch hochkriegen. Daran glaub ich, und du kannst es dran sehn, wie du angeguckt wirst, wenn du wieder eine gekriegt hast für ne Nacht, eine, die alle kriegen wollten, und du hattest sie für genau eine Nacht, und dann tschüs.

Ich red ganz gern über die Weiber. Es gibt nichts, über das sich zu reden lohnt, also warum dann nicht über die Weiber. Ich laß mich nicht aus über Tittengröße oder so nen Scheiß, das machen nur kleine Jungs oder Männer, die gucken müssen statt anfassen. Aber ich hatt mal eine mit Titten, das warn Titten. Da war kein Platz mehr dazwischen, und wenn du deinen Schwanz trotzdem dazwischengeklemmt hast, dann hast du Mühe gehabt zu atmen. Die hat zwar meistens nur dagelegen und gequiekt, und ihre Muschi war auch nicht rot. Aber bei der stand er mir immer. Und sie hat mein Sperma im Gesicht und fängt schon wieder an zu stöhnen, nur weil ich meinen Schwanz an ihren Riesentitten abwisch, und ich merk, wenn ich sie jetzt nicht fick, dann kriegt sie nen Tumor oder ein Magengeschwür, und also fick ich sie lieber. In ihrem Auto mußt ich sie ficken, und das bei ihren Riesentitten, die fast raushängen aus den Seitenfenstern, und was solln die Leute denken, wenn sie abends nen Spaziergang machen und so Riesentitten aus nem Autofenster hängen sehn.

Jedenfalls, ich red nicht über eine, die ich auf der Straße seh, und wenn ihre Titten noch so schwer durchs T-Shirt drücken. Ich red erst von ihr und meinetwegen von ihren Titten, wenn ich sie gefickt hab. Das ist der

Unterschied, woran du sehen kannst, ob an einem das Maul oder der Schwanz groß ist. Pa zum Beispiel hat fast nie über Weiber gequatscht. Auch nicht über gefickte. Auch nicht über die gefickte Sanne. Sanne haben viele gefickt, aber Sanne ist auch was zum Ficken.

Aber Pa grinst nur, als ich ihn frag, wie's war. Das ist zwar Masche, aber er quatscht auch sonst nicht viel drüber. Ich mein, ich hab ihn nie nen Witz drüber machen hören. Der kann zwar überhaupt keine Witze machen, aber vor allem nicht über Weiber. Und mit Typen, die keine Witze machen können, komm ich nicht klar. Ich mein, wenn du über was nicht lachen kannst, dann hat's dich schon am Arsch. Und Pa hat die ganze Welt am Arsch. Und er ist selber ein Arsch. Ha.

Ich hätt ihm damals fast eine reingehauen. Die Nacht durch hatte ich mit einer gefickt, und er hat im selben Zimmer gelegen und auch noch ne Wette verloren. Und dann sagt er am Morgen, er hätt noch nie so langweiligen Sex gesehn. Und Gisela und er seien das Schärfste.

Ich hab ihm keine reingehauen. Ich hab auch nicht gegrinst oder nen Witz gemacht. Ich hab gesagt, Gisela ist dumm und häßlich und würde nen Schwanz ganz runterschlucken, nur damit einer bei ihr bleibt. Von da an haben wir uns nicht mehr oft gesehn. Kurz danach hat er mit ihr Schluß gemacht. Er hat's geglaubt und nicht ausgehalten, der Idiot. Und er kann nicht lachen, weil er nen Krampf im Kopf hat. Vielleicht auch in der Hose, wer weiß. Jedenfalls glaubt er immer noch, es könnt was sein mit den Weibern.

Ich war mal auf nem Friedhof mit einer, und das war so ne Art Vergewaltigung, und dann hatte sie noch ihre Regel. Jedenfalls liegen wir dann da, und ich seh das Blut im Gras, und daneben nen Grabstein. Ich kann das nicht erklärn, aber mir war klar in dem Moment, da unten kommst du mal hin, und hier oben verlierst du tropfenweise Blut, bis du dein Scheißherz einfach nicht mehr brauchst. Daran hab ich gedacht, daß man austropft und gar nichts dagegen machen kann. Daß man für jeden Tropfen irgendwas nehmen muß im Gegenzug, was Gutes oder Geiles.

Nimm dir was Gutes, mach es zu was Schlechtem, und du kriegst garantiert noch was von dem Guten ab, bevor es schlecht ist.

Das ist mein Spruch. Es gibt gar keinen beßren Spruch als den, den sollte sich einer wie Pa mal übers Bett hängen.

Ich kam mir ja dauernd vor wie ein Lehrer. Kleiner Pa und großer Georg, ha. Aber hat er was gelernt? Ne Zeitlang hat er alles geglaubt, was ich ihm erzählt hab, und ne Zeitlang war er auch gut drauf. Und das meiste warn Sachen, die er noch mal brauchen kann in seinem Leben, auch wenn er doch ein Wichser wird wie alle andern. Weil solche Sachen kannst du immer gebrauchen. Die Weiber zum Beispiel bleiben alle gleich, egal ob du ein Wichser wirst oder was andres.

Bescheuert ist, daß Pa nicht wußte, wann ich was zum Quatsch gesagt hab. Aber daran, daß er das nicht erkannt hat, kannst du sehn, was für ein Idiot er immer sein wird. Du mußt unterscheiden können, was richtig ist und was falsch, weil du ja tausend Idioten um dich hast, die alle ihr Maul auf- und zumachen, und wenn du denen glaubst, dann war's das. Und Pa hat ja immer alles geglaubt, was ich ihm erzählt hab, und jetzt glaubt er garantiert nem andern alles oder dem Weib, mit dem er im Bett liegt, oder der Fliege, die ihm durchs Ohr ins Hirn fliegt, und das ist's gewesen für ihn, kleiner Pa, großer Loser.

Oder noch 'n Spruch: »Wir wolln die klugen Fraun befragen, warum die Blöden Kinder haben.« Besser kann ich auch nicht sagen, was ich drüber denk.

Ich kann Kinder nicht leiden. Meine Mutter konnte immer von Kindern quatschen, da war sie wie alle Weiber, obwohl sie sich längst das Hirn weggesoffen hatte und Grün nicht mehr von Schwarz unterscheiden konnte. Aber das Gequatsche von den Kindern ist was Automatisches, wozu die den Kopf nicht mehr brauchen.

Wenn sie sich stundenlang über die Bälger von der Leitz ausgelassen hat, hab ich was davon gehabt, oder sie vielleicht? Als ob die sie was angehn, als ob die je was für sie gemacht haben.

Ich sag, Kinder machen Arbeit und Dreck, und am Ende wolln sie dich aus ihrem Leben raushaben und wolln weg von dir, weil du das bist, was sie dann nie mehr sein wollen, und dafür hast du dir den Arsch aufgerissen und stürzt dich ne Brücke runter, wenn sie unters Auto kommen, und dabei verlassen sie dich, sobald sie können. Und dieses Gequatsche von wegen unschuldig und süß und so 'n Scheiß, ich könnt kotzen bei so was. Warum macht jeder tausendmal mehr Geschrei, wenn ein Kind stirbt, als wenn's nen Erwachsenen erwischt? Weil sie denken, ein Kind wichst nicht, also ist es doppelt schade drum. Mir würd's bei nem Kind nicht mehr ausmachen als bei nem Typen, der schon wichsen kann. Außerdem sind mir sowieso alle nicht geheuer, die nicht wichsen, und ich wüßt nicht, wieso ich da bei Kindern ne Ausnahme machen sollte.

Vor nem halben Jahr oder so was hatt ich mal Giselas Kind vor mir. Im Park sah ich den Wanst auf dem Boden hocken und Matchboxes rumschieben durch den Schlamm. Ich kannte ihren Schnuckiputz, weil ich beide öfters auf der Straße getroffen hab. Das gab immer nur kurzes Hallo, aber ich hab mir trotzdem gemerkt, wie er aussah.

Und ich kauer mich also neben den Schmutzfink und sag hallo und seh, daß ich ganz allein mit ihm bin. Und er sagt auch hallo und spielt weiter im Dreck, und sein Hemd und seine Hose sind völlig verdreckt, sieht aus wie eingeschissen. Und weit und breit keiner zu sehn, und ich denk, jetzt kurz zudrücken, und du bist ein Mörder. Ne halbe Minute, und sie würden dich für zwanzig Jahre wegsperrn, mehr, als so ein Kind alt ist.

Logischer wär, die würden dich so lange wegsperrn, wie das Balg noch zu leben hätte im Schnitt. Eigentlich müßten sie dir sechzig Jahre geben, damit's ausgeglichen ist, und wenn du nen Sechzigjährigen killst, müßtest du nur für zehn Jahre in den Knast, weil der Alte im Schnitt sowieso nur noch zehn Jahre zu leben hätte.

Wieso da noch keiner drauf gekommen ist. Aber vielleicht kommt bald einer.

Jedenfalls faß ich den Kleinen an. Ich überleg nur. Ich mach mir richtig nen Kopf. »Du bist ein Scheißer«, sag ich zu ihm.

Ich hab mir vorgestellt, wie Gisela ihn findet. Schlimm für eine, die den ganzen Tag nur über ihr Kind reden kann. Worüber soll sie dann noch reden? Vielleicht würd sie sich die Zunge abschneiden.

Ich hatt mal eine zu Gast, die quatscht vorm Ficken die ganze Zeit über ihr Kind, das man ihr weggenommen hat. So 'n netter Richter fand, daß es beim Vater besser aufgehoben ist, und zeig mir mal ne Mutter, die da einverstanden ist. Jedenfalls denk ich, laß sie sich ausquatschen, und zum Dank macht sie hinterher die Beine breit. Aber die quatscht immer weiter und denkt gar nicht dran, wieder aufzuhörn. Am Ende bin ich ehrlich und sag ihr, daß ich nicht länger so sitzen kann mit nem Steifen in der Hose. Da dreht die durch. Von wegen, sie wär die letzte, die mit so einem ins Bett steigt, und so weiter, die wollte nicht mehr aufhörn damit. Darauf sag ich ihr, daß sie froh sein soll, nicht so nen kleinen Dreckmacher auf dem Hals zu haben, und ich würd sagen, damit hab ich noch viel Geduld gezeigt mit einer, die so auf mich losgeht. Aber sie hat auch verdammt schöne Beine gehabt, und wenn sie ging, flog ihr Arsch mit jedem Schritt nen Meter zur Seite weg, und das ohne ein Gramm Fett dabei, da hat man dann auch 'n bißchen Geduld.

Also ich sag das ganz im Ernst zu ihr, und da springt sie auf und rennt aus dem Zimmer. Scheiße, denk ich, das war's wohl für die Nacht, da kommt sie wieder rein und hat ein Messer in der Hand und schreit irgendwas und stürzt sich auf mich. Ich hab noch gedacht, die macht sich nen Scheißwitz mit mir oder ist eine von denen, die die harte Tour wollen. Aber sie hat eben ein echtes Scheißmesser in der Hand, und damit zielt sie genau auf meine Eier, und ich kann grad noch so meinen Arm dazwischenschmeißen. Scheiße, tat das weh. Ich hab mich irgendwie wie in nem Film gefühlt, und der Schmerz in meinem Arm war 'n Filmschmerz.

Ich mein, es tat weh, aber auch nicht so, wie's eigentlich weh tun müßte, wenn dir einer 'n Messer in den Arm rammt und dir dein Blut richtig das Hemd vollsaut.

Ich hab nur gelacht, obwohl ich gleich auch noch den Fußboden mit meinem Blut versaut hab. Und ich hab meinen Arm hochgehalten und es bluten lassen und gefragt, ob sie zufrieden ist, und wann ich den kleinen süßen Fratz denn mal sehen könnte, ich war der Star im Action-Hit des Sommers. Da ist sie schreiend abgehaun, und ich hab erstmal ne Flasche Gin gekippt, die ich noch gehabt hatte im Kühlschrank. Dann bin ich eingepennt. Am nächsten Morgen hab ich mir die ganze Scheiße dann ansehn müssen, und ich bin erstmal ins Kotzen gekommen.

Jedenfalls, was ich mein, die Weiber sind alle verrückt, was ihre Kinder angeht. Da kommen sie sich wie sonstwas vor, wie Götter zum Beispiel, und auch wenn sie sonst nichts taugen, mit nem Kind im Arm denken plötzlich alle, sie wärn was ganz Wichtiges, und die Welt würde sich ne Sekunde langsamer drehn ohne sie.

Die Kinder sind so ne Art Ausweis für »Ich bin berechtigt, in der Bahn zu sitzen und die Umwelt zu versaun und mir das Hirn wegzusaufen und nen Mann in den Ruin zu treiben«. Aber mein Vater ist abgehaun, als das Kind kam, und da hat er genau richtig getan.

Ich hab den Kleinen von Gisela dann 'n bißchen geschubst, und er hat angefangen zu heulen, da bin ich gegangen, mehr war nicht.

Meine Mutter hat zu denen gehört, die man als kleiner Junge ficken wollte. Die man geil fand. Aber nur, weil man sich vorgestellt hat, daß sie's vielleicht wirklich mit einem machen würde, jedenfalls noch am ehesten von allen Müttern.

Nen Monat nach der Sache mit Giselas Kind im Park, da hat Pa mit ihr Schluß gemacht. Ich mein, der fickt meine Mutter, dann fickt er Gisela, die sich von keinem hat ficken lassen, und dann serviert er sie auch noch ab, und das alles macht so 'n Loser und Muttersöhnchen wie Pa.

Ich hab ihm einfach erzählt, daß Gisela ihr Kind aus dem Fenster gefallen ist. Und daß sie's vielleicht selber war am Ende. Ich hab gesagt, ich glaub, die sitzt jetzt in der Klapper. Der Idiot hat's geglaubt. Der hat alles geglaubt, was ich ihm erzählt hab. Ich erzähl ja manchmal was, um zu testen, ob einer alles glaubt, was man ihm erzählt. Und wenn er alles glaubt, dann ist er ein Verlierer. Das will ich nicht so, das ist so. Und Pa hab ich millionenfach getestet, und er ist einfach ein Verlierer. Er sagt, er haßt Kinder, und dann sagst du ihm, der Gisela ihr Wanst ist tot, und da beginnt seine Unterlippe zu zittern, und du hast das Gefühl, gleich kriegt er nen Herzinfarkt oder so was, und du rufst lieber schon nen Doktor. Ich hätt ihm sagen können, daß das 'n Gag war, aber da wär er vielleicht ausfällig geworden, und bißchen mußt du eben auch auf deine Gesundheit achten. Ich hab's ihm nicht gesagt, und er glaubt wahrscheinlich heut noch, daß der Gisela ihr Wanst tot ist. Von mir aus soll er, immerhin hat er sie gefickt und dann abserviert, das ist nur Gerechtigkeit, wenn er jetzt mal bißchen drüber nachdenkt, und vielleicht hätt er sie lieber doch nicht ficken sollen, egal, wie geil sie im Bett ist.

Ich hoffe, ich seh Paul nicht mehr. Es ist ziemlich frustrierend, wenn du siehst, wie alle wieder zu ihren Alten werden. Wenn du am Ende allein dastehst, und vielleicht rennst du ihnen dann hinterher, weil du nicht stark genug bist oder es allein zu öde ist auf Dauer. Wenn das soweit ist, ist das das Ende.

Gisela

Ich glaub nicht, daß Männer wirklich besser dran sind. Ich wär nicht gern 'n Mann. Vielleicht gern ne andere Frau, aber kein Mann. Vielleicht, wenn ich einen kennen würde, der wirklich glücklich ist, aber ich hab langsam das Gefühl, daß sie's sogar noch schlechter haben. Zwar haben die Männer die Macht und meistens mehr Geld und werden zu Hause versorgt, aber ich glaub, insgesamt sind sie ziemlich einsam. Ich weiß nicht, mit wem der Mirko reden kann, und ich weiß nicht, mit wem der Paul redet. Vor Freunden zählen nur große Sprüche und vor den Frauen der starke Max. Mit ihren Müttern reden sie auch nicht, damit hören sie spätestens auf, wenn sie zehn sind. Wo das alles hingeht, frag ich mich. Ich würde durchdrehn, wenn ich alles mit mir allein abmachen müßte. Das hab ich ja gemerkt in der Zeit, als ich mit niemandem über Paul hab reden können. Und die Männer, also die, die ich kenne, haben dauernd diesen Zustand. Von wo sie zehn sind bis an ihr Lebensende, und egal, was passiert.

Ich hab die gesehen, die Neue von Paul, und das war keine, die ich kannte, und auch nicht die von Karstadt, sondern ne ganz andre. Wir warn im Kino, die Anita und ich, und weil wir früh dran waren, haben wir uns

Tortilla-Chips gekauft, zu zweit eine Schale, weil eine schon sechs Mark kostet mit Soße, und haben uns in den Vorraum gesetzt und gegessen, und plötzlich seh ich Paul mit seiner Neuen. Ich hab mich total erschreckt und gleich verschluckt, aber husten wollt ich nicht, weil ich nicht wußte, ob ich will, daß er mich sieht, einfach so, im Kino, nachdem er drei Monate nichts von sich hat hören lassen. Er hat sich aber nicht umgeschaut, sondern ist direkt zum Tresen gegangen und hat Cola gekauft, immer mit dem Arm um die Neue, und dann sind sie rein, und er hat mich nicht gesehen.

Ich hab der Anita nichts gesagt, und als wir dann auch rein sind, bin ich hinter ihr hergelaufen und hab sie den Platz aussuchen lassen, damit ich mich nicht umschauen muß. Den ganzen Film über hab ich überlegt, ob er mich wohl beim Reinkommen gesehen hat und ob ich ihm beim Rausgehen begegnen will und was ich dann sagen könnte. Es war ein komisches Gefühl zu wissen, daß er im gleichen Saal sitzt, aber nicht zu wissen, wo genau. Ich war total aufgeregt, und alles, was im Film war, kam mir viel wirklicher vor als sonst, weil ich selber wie im Film war, wo die Zuschauer schon wissen, daß zwei im gleichen Saal sitzen und bestimmt was passieren wird, aber die zwei haben selber noch keine Ahnung.

Beim Rausgehen war ich mir immer noch nicht sicher, ob ich ihn jetzt treffen will oder nicht, aber als ich dann dachte, daß sie schon weg wären, hab ich gemerkt, daß ich doch unbedingt will, daß er mich sieht.

Und dann kamen sie doch noch nach uns raus, und es war klar, daß er mich gesehen hat und nicht mehr ausweichen kann.

Er hat hallo gesagt und mit dem Kopf zur Seite genickt, und dann hat er plötzlich gelächelt, und ich hab gedacht, Mann, der freut sich ja richtig. Er hat der Anita die Hand gegeben, weil sie sich ja noch kannten aus der Zeit, als er immer zum Supermarkt kam, und dann hat er seine Freundin vorgestellt, und alles, als wär's völlig selbstverständlich, dabei hatten wir uns drei Monate lang nicht gesehen.

Ich hab mir möglichst unauffällig die neue Freundin angeschaut, und die war schon hübsch, aber nicht so gepflegt, wie ich erst dachte, als ich sie nur von hinten gesehen hab. Ihre Haut war nicht so gut, und später hat Paul mir erzählt, daß sie drogensüchtig ist. So was hab ich mir schon gedacht.

Wie geht's, hat er gefragt, und ob's ne schlimme Zeit war, und ich hab gesagt, naja, ich hatte schon mal mehr Spaß, aber zu viel bräuchte er sich auch nicht einzubilden. Ich hab gelacht dabei, und gleichzeitig hab ich gedacht, Scheiße, das hört sich an wie Flirten, und daß ich lieber 'n bißchen distanzierter sein würde.

Wir sind zum Ausgang raus, die neue Freundin ist 'n Stück vorgegangen, und Paul mußte hinterher, aber bevor er weg ist, hat er noch was gesagt wie, daß er froh wäre, daß es mir wieder gutgeht, und 'n schönen Abend noch. Ich hab gedacht, irgendwas ist komisch mit dem, aber da war er schon weg.

Die Anita und ich sind dann nach Hause, obwohl's

erst halb elf war, aber ich war froh, daß sie nicht noch was trinken gehen wollte. Zu Hause bin ich erst mal ins Bad und hab geschaut, wie ich ausseh, also, was er praktisch gesehen hat.

Ich wollte nicht, daß es mir so viel bedeutet, aber beim Einschlafen hab ich die ganze Zeit daran gedacht und mir vorgestellt, daß wir beide allein im Kino gewesen wären und danach noch was trinken und daß er dann noch 'n Kneipenwechsel vorschlägt, bis es so spät wird, daß sonst keiner mehr unterwegs ist, und daß wir spazierengehen und er mir erzählt, daß er mich vermißt hat. Aber das deutet er nur an und ist 'n bißchen schüchtern, weil schließlich hat er sich ja nicht mehr blicken lassen, und irgendwie landen wir dann doch bei ihm, nachdem wir kreuz und quer durch die Stadt gelaufen sind, und weil's schon anfängt, hell zu werden, komm ich auf 'n Kaffee mit rauf, und er sitzt neben mir auf dem Boden und fängt an, meinen Rücken zu streicheln, und hat die Balladen von U2 aufgelegt, die wir immer gehört haben, naja, und so weiter.

Aber so was kann man sich beim Einschlafen vorstellen, in Wirklichkeit hätt ich ja zur Arbeit gemußt und sowieso Angst gehabt, mich wieder drauf einzulassen. Und außerdem gab's ja noch die Neue, und die sah nicht so aus, als ob sie einfach wieder verschwinden würde.

Wenn ich in den drei Monaten an Paul gedacht hab, hab ich ihn mir immer allein vorgestellt. Natürlich nicht, daß er nie Sex hat, aber nur irgendwelche Abenteuer, nichts Festes. Die Neue sah aber nicht aus wie 'n Abenteuer, sondern wie eine, an der man dranbleiben will, weil sie irgendwie geheimnisvoll ist und außerdem hübsch. Sie sah aus, daß einer wie Paul sie bestimmt beschützen will.

Ich hab immer die Frauen beneidet, die beschützt werden. Ich war nie so eine. In der Schule hatte ich ne Freundin, die war wie ne Prinzessin. Alle wollten was mit ihr, aber nie hat jemand sie angefaßt. Nur bei offiziellen Anlässen, im Tanzkurs zum Beispiel, ist sie ständig aufgefordert worden. Die hatte nach der allerersten Tanzstunde schon einen für den Abschlußball und immer jemand, der sie ohne Gegenleistung nach Hause fährt. Ich glaub, die hatte überhaupt die meisten Verehrer an der ganzen Schule und gleichzeitig am wenigsten Erfahrung.

Auf Arbeit ist jetzt wieder so eine, über die die Anita und ich uns totlästern. Wie sie jeden Tag von ihrem Typ gebracht und abgeholt wird, als ob sie allein nicht laufen kann, aber der Marktleiter ist auch so mit ihr, der trägt ihr nie was auf, und wenn, dann fragt er dreimal nach, ob es ihr auch recht ist.

Bei mir denken die Männer, daß mich so leicht nichts umhaut, also kann man sich ruhig 'n bißchen gehenlassen und es selber bequem haben. Und auch, daß ich nichts übelnehm, und wenn doch, dann soll ich mich nicht so anstellen. Der Mirko war eigentlich der erste, der auch zu mir manchmal so zuvorkommend war, am Anfang jedenfalls, und der ja auch richtig mit mir gehen wollte.

Als ich zu ihm zurück bin, wollte Mirko erst keinen Sex, sondern hat im Wohnzimmer geschlafen. Sonst war eigentlich alles wie immer, geredet haben wir vorher ja auch nicht viel, ich hab erst mal aufgeräumt, und der Kleine war auch froh, wieder zu Hause zu sein.

Ich kenn viele, die ne Zeit weg waren, das ist gar nichts so Besonderes. Der Mann von der Anita ist zu seinen Eltern zurück, als das Kind kam, weil er nicht mehr schlafen konnte wegen dem Gebrüll. Der ist zurückgekommen, als die Kleine angefangen hat durchzuschlafen, und keiner hat was dazu gesagt. Und die Schwägerin von der Anita war voriges Jahr in so nem Frauenheim, aber sie hat's nur drei Wochen ausgehalten, weil's da Schlafsäle gab und sie auch nicht wollte, daß ihre Kinder schlechten Umgang kriegen mit den Kindern von den anderen Frauen. Da ist sie lieber wieder zurück.

Am Ende gehn alle zurück, und irgendwie ist das vorher auch schon klar, und deshalb ist's zwar 'n gutes Thema für Klatsch, aber richtig ernst nehmen tut's keiner.

Ich hab ja auch gewußt, daß ich irgendwann wieder zurück muß, und schließlich ist der Mirko auch der Vater, und oft ist er ja auch weg, arbeiten oder mit Freunden, und meine Wohnung kann ich auch nicht so einfach aufgeben.

Nach zwei Wochen ist er dann auch wieder ins Schlafzimmer gezogen, und eigentlich ging alles ganz gut, und er hat nie irgendwas über Paul wissen wollen. Ich glaub schon, daß es ihn gekränkt hat, daß ich 'n Liebhaber hatte, und bestimmt hat er sich auch gerächt und mit anderen Frauen geschlafen oder ist zu den Nutten gegangen, aber ich hab ihn genauso nach nichts gefragt. Ich hab Essen gemacht und versucht, daß er sich über nichts ärgern muß, und ich bin zu Hause geblieben und hab ferngesehen, auch wenn er gar nicht da war.

Seine Schwester hab ich einmal getroffen, und die hat mich nicht gegrüßt, aber mit der hab ich mich vorher auch nie gut verstanden. Eigentlich war alles bald wieder wie vorher, und mir kam's schon komisch vor, so als ob ich mir die Sache mit Paul nur eingebildet hätte, vor allem, weil ich ihn auch kein einziges Mal mehr gesehen hab und mit niemand über ihn geredet. Der einzige, der das Thema ab und zu erwähnt hat, war Georg, aber das hab ich nicht weiter beachtet, weil's nur blöde Sprüche waren. So was wie, wen ich denn als nächstes an meine Titten lassen würde, und er hätte da noch mehr hübsche Freunde zur Auswahl, oder ob's zur Abwechslung mal 'n richtiger Mann sein sollte. Damit hat er wahrscheinlich sich selbst gemeint.

Auf so was fällt mir aber immer erst viel zu spät ne gute Antwort ein, und deshalb denkt er wahrscheinlich, ich wär beeindruckt oder mir wär's irgendwie peinlich.

Ich hätte wenn dann lieber richtig darüber geredet, aber da wußte ich nicht, mit wem. Dann hab ich mir gedacht, daß es gut so ist, weil ich's am liebsten wieder so hinkriegen wollte wie früher. Zu Hause sein mit Stefan, morgens zur Arbeit, danach überlegen, was es zu essen geben soll, und so weiter. Aber das war ganz schön schwer, und ich hab mir dabei ständig ausgedacht, wie alles anders gekommen wäre, und daß ich mit Paul hätte weggehn sollen, als wir ganz frisch zusammen waren.

So lang hab ich mir das ausgedacht, bis ich geglaubt hab, daß der Paul meine einzige Rettung gewesen ist und daß ich's nur nicht rechtzeitig gemerkt hab.

Aber wenn was vorbei ist, kommt's einem nach ner Zeit ja immer schöner vor, als es in Wirklichkeit war. Wenn ich an die erste Zeit mit Mirko denk, dann ist es genauso.

Wir haben uns auf nem Fest kennengelernt, einem von den Straßenfesten, die's von Frühling bis Herbst alle paar Wochen auf'm Marktplatz gibt. Ich geh da immer hin, weil ich Sonntage nicht mag, wo alle in ihren Wohnungen sitzen, daß man schon denkt, die Stadt ist total ausgestorben. Bei den Festen ist wenigstens was los, es gibt Würstchen oder Schweinehals und Langos und Eis, je nachdem, worauf man Lust hat. Meistens gibt's auch irgendwas zum Spielen für die Kinder, und dann kommt ne Band, und manchmal haben auch die Geschäfte offen. Früher warn wir auch immer dort, mit der ganzen Clique, weil wir ja sowieso dauernd auf der Straße waren, und wenn dann was los war, um so besser.

Genaugenommen hab ich den Mirko vorher schon mal gesehn, aber nur kurz. Bei dem Fest war er zum ersten Mal die ganze Zeit dabei, und die ganze Zeit hat er mich angeschaut, wenn er 'n Witz gemacht hat oder irgendein Kunststück, was eigentlich für alle gedacht war, auch um reinzukommen in die Clique. Ich hab erst nicht so drauf geachtet, aber dann wurde's schon auffällig, und er sah auch gut aus, war schon älter und hatte 'n eigenes Auto. Keine Ahnung, warum er sich ausgerechnet mich ausgesucht hat und nicht zum Beispiel die Carina, die ich fand, daß sie viel besser aussieht. Wenn ich er gewesen wär, hätt ich mich in die Carina verliebt. Aber an dem Nachmittag war's anders, und was komisch ist, daß, sobald einer sich für dich interessiert, die andern auch viel aufmerksamer werden und anfangen, dich zu ärgern und dich anzuquatschen. Ich war plötzlich richtig im Mittelpunkt und hab Bier spendiert gekriegt, so daß ich ziemlich betrunken wurde und auch angefangen hab rumzualbern. Ich hab mich zum ersten Mal so gefühlt wie eins der Mädchen, die ich sonst immer beneidet hab. Die im Freibad von acht Jungen auf einmal ins Wasser geworfen werden.

Und dazu hat der Mirko aber ganz klargemacht, daß er zuerst dran ist, und die andern haben's auch akzeptiert. Ich kann nicht sagen, daß ich in ihn verliebt war, schließlich hab ich ihn ja gar nicht gekannt, aber gefallen hat's mir schon, und dann hab ich mich auch küssen lassen.

Zuerst standen wir noch an der Seite auf der Tribüne, wo man eigentlich nicht stehen darf, aber wir haben's trotzdem gemacht, und der Mirko hat mich an der Hüfte festgehalten, aber nicht aufdringlich, sondern mehr, damit ich nicht runterfall. Das war total schön, fast schon, als ob wir zusammen gehen würden, weil es so fürsorglich war.

Ich glaub, ich hab mich noch nie so glücklich gefühlt, und ich dachte, jetzt kann mir alles passieren, und wenn ich will, kann ich auch auf die Bühne gehn und einfach mitsingen. Die Band hat Scorpions nachgespielt, das weiß ich noch genau, »Wind of Change«, und ich konnte den ganzen Text auswendig.

Naja, er stand also hinter mir und hat mich festgehalten, und dann hat er mir die Haare zur Seite gestrichen und meinen Hals geküßt und mich gefragt, ob er mich heimfahren soll. Ich dachte, das darf nicht wahr sein und daß das nicht ich bin. Wie er mir runtergeholfen hat und mich dann im Arm zu seinem Auto geführt, und alle haben uns gesehn. Sogar die Tür hat er mir aufgemacht und mich innen noch mal lange angeschaut, bevor er losgefahren ist. Er hat ne Mixkassette mit lauter langsamen Liedern eingelegt, und ich hab auf seine Hände geschaut. Er hat wirklich schöne Hände, der Mirko, damals hab ich's zum ersten Mal gesehn, breit, mit geraden Fingern und ganz gepflegten Nägeln, und gut autofahren konnte er auch.

Die linke Hand war immer am Lenkrad, und die rechte hat er ab und zu mit einer ganz ruhigen Bewegung runtergenommen, um zu schalten. Ein paar Mal hat er während der Fahrt den Kopf gedreht, um mich anzuschauen, und seine Augen haben mir auch gefallen, die sind ganz dunkel und tiefliegend und haben einen total durchdringenden Blick, positiv wie negativ. Damals im Auto ist mir das durch und durch gegangen. Ich konnt's gar nicht fassen, daß so ein toller Typ sich ernsthaft für mich interessiert, weil ich damals eigentlich ziemlich unsicher war, jedenfalls nicht so selbstbewußt wie die andern Mädchen aus meiner Clique. Aber an dem Abend hat alles gestimmt, auch wie er sich verabschiedet hat, nur mit Küssen, ohne Anfassen.

Dann war er ne Zeitlang in der Clique mit drin, so lange, bis es fest war mit uns. Als wir richtig zusammen gegangen sind, hat er immer seltener Lust gehabt, was mit den anderen zu machen. Ich war meistens bei ihm, oder wir sind zu zweit ausgegangen, aber das auch nicht so oft. Es ist schwer, wenn man die ganze Zeit zusammen ist und dann ausgehen will. Es soll was Besonderes sein, aber man hat sich nichts zu erzählen, weil ja nichts passiert ist, was der andere noch nicht weiß, und deshalb kommt's vor, daß man sich nur schweigend gegenübersitzt und eigentlich froh ist, wieder nach Hause zu kommen, wo's Fernsehen gibt und den Abwasch und wo alles nicht so feierlich ist.

Das ist eigentlich das Traurige, wenn man heiratet, oder sowieso, wenn man älter wird, daß man nicht mehr mit so vielen Leuten zusammenkommt, sondern nur noch mit seinem Mann und der Familie, vielleicht noch ein paar Freunde einzeln trifft, aber eben keine richtige Clique mehr hat. Deshalb bin ich dann auch 'n paar Mal zu den Partys von Georg gegangen, weil ich dachte, ich könnte da die ganzen alten Leute mal wieder treffen, aber von denen war kaum jemand dort, und wenn, war's natürlich auch nicht so wie früher.

Den Paul hab ich erst zwei Wochen später wieder gesehn, da kam er zum Supermarkt. Genau wie früher so gegen halb eins, wenn am wenigsten los ist, aber an dem Tag war doch ziemlich viel los, und ich hatte keine

Zeit zum Reden. Er hat gesagt, er wollte nur mal hallo sagen, jetzt, wo ich wieder da bin, und ich hab mich gefragt, was das soll, hab aber nichts gesagt, weil schon drei Leute angestanden sind und bezahlen wollten. Ich dachte, er wartet vielleicht, das hat er früher manchmal gemacht, daß er sich einfach hinter die Kasse gestellt hat und den Leuten beim Einpacken geholfen. Die fanden das aber meistens nicht so toll, und ich hab deshalb Ärger gekriegt mit meinem Chef und ihm gesagt, daß er das lassen soll. Jedenfalls hat er an dem Tag nicht gewartet, sondern ist gleich wieder verschwunden.

Aber am nächsten Tag war er wieder da.

Ich dachte, ich bring den um, den Georg. Der ist doch so was von krank, und ich frag mich, was den die Sache angeht. Vor mir hat er immer so getan, als ob er stolz wäre auf seine Verkupplungskünste, und dann geht er hin und erzählt so ne Scheiße, damit der Paul denkt, sie hätten mich weggesperrt, und nicht mehr herkommt und 'n schlechtes Gewissen kriegt. Aber der Paul hat gesagt, mit dem Georg wär er sowieso fertig, schon vor dieser Sache, weil er nämlich keine Lust mehr gehabt hat auf dem seine Spielchen, und ich muß sagen, ich hab ja sowieso nie verstanden, warum die beiden überhaupt befreundet waren, außer daß Georg auf seinen Partys oft einen ausgegeben hat, das kann natürlich schon ein Grund sein. Aber die Geschichte, die er über mich erzählt hat, die paßt zu ihm. Der ist doch so was von krank ist doch der.

Jedenfalls haben wir das geklärt beim zweiten Mal, wo Paul zum Supermarkt kam, und er hat gesagt, auf den Schreck müssen wir einen trinken gehen, und mich abgeholt, als ich fertig war. Wir sind ins Eiscafé gegangen, aber ich war ziemlich unter Druck, weil ich Stefan vom Hort abholen mußte und eigentlich keine Zeit hatte. Ich hab auch nur Kaffee getrunken, obwohl Paul mich zu Amaretto einladen wollte, aber Mirko war zu Hause und hätte vielleicht was gerochen.

Trotzdem war's schön, es war fast so wie früher. Paul hat erzählt, was er so gemacht hat die ganze Zeit und auch, daß er oft an mich gedacht hat, aber da bin ich wieder wütend geworden wegen Georg, und er hat gesagt, ich soll den Typ vergessen, wichtig wär doch, daß zwischen uns jetzt alles geklärt ist. Darüber hab ich nachgedacht, als ich zum Hort gehetzt bin, weil ja eigentlich nichts geklärt war außer dem Gerücht von Georg. Was jetzt mit uns ist und wie das weitergehen soll, war überhaupt nicht geklärt. Ich wußte nicht, was mit der Neuen ist, und vor allem wußte ich nicht, was ich eigentlich will. Obwohl ich zugeben muß, daß ich schon wollte.

Ich wollte so stark, daß ich den ganzen Abend wieder an nichts anderes denken konnte, und ich war ziemlich aufgekratzt, weil ich gemerkt hab, daß ich dem Paul auch nicht gleichgültig bin und daß, wenn ne gute Gelegenheit kommt, es vielleicht wieder was werden könnte mit uns. Aber ich wollte auf keinen Fall den ersten Schritt tun. Und ich wollte auch nicht, daß es so schnell geht, weil man dann viel weniger davon hat. Am schönsten ist es, wenn man jeden Schritt auskosten kann und davon träumt, wie's weitergeht, und dann wird es wirklich wahr.

Trotzdem hab ich im Eiscafé gesagt, daß ich ja versuchen könnte, mir's mal einzurichten mit Mirko und Stefan, damit wir mal richtig weggehen können, und dann haben wir uns eine Woche später im Anker getroffen. Das ist ein komisches Lokal in der Nähe vom Bahnhof, wo wir mal durch Zufall reingegangen sind. Paul hat das vorgeschlagen, zur Erinnerung oder weil uns dort bestimmt niemand sehen würde, keine Ahnung, jedenfalls bin ich hingegangen, extra zu spät, weil ich auf keinen Fall als erste da sein wollte, und dann saß er auch schon dort mit nem Glas Rotwein und hat auf mich gewartet.

Wir waren fast die einzigen Gäste, aber es gibt da eine Musikbox, und Paul ist ein paar Mal aufgestanden und hat Lieder für uns ausgesucht, was ziemlich schwierig war, weil die Besitzer Kroaten sind und nur Jugo-Pop in der Musikbox haben, aber Paul kennt sich aus und hat trotzdem immer was gefunden, von dem er weiß, daß es mir gefällt.

Ich hab nicht viel geredet, aber ich hatte mein neues weißes Top und die schwarze Jeans an und hab mich ziemlich gut gefühlt.

Wir sind ewig dort gesessen, so lange, bis die kroatische Bedienung uns abkassiert und die Stühle hochgestellt hat. Dann standen wir vor der Kneipe auf der Straße mit den Händen in den Taschen, und ich war verlegen, weil ich genau wußte, daß es besser wäre, wenn ich jetzt tschüs sagen und gehen würde, aber da hat Paul mich gefragt, ob ich mitkommen will, er will mir was zeigen. Was denn zeigen, hab ich gefragt, und er meinte, das wär natürlich ne Überraschung, ja oder nein. Ich hab gesagt, okay, und das war die erste Überraschung, daß er mit dem Auto da war, wo er doch immer gegen Autos gewesen ist.

Ich hab nicht drauf geachtet, wo wir langfahren, aber dann hat er vor nem Haus gehalten und ist da rein, rauf in den fünften Stock, und hat eine Wohnungstür aufgeschlossen.

Das war wirklich toll dort. Er hat kein Licht angemacht, aber die eine Seite von dem Wohnzimmer war völlig verglast, so daß man über die ganze Stadt sehen konnte, mit den Lichtern und Leuchtreklamen, fast wie in New York.

Er hat mir die Jacke abgenommen und gefragt, ob's mir gefällt, und klar hat's mir gefallen, aber klar war auch, daß das ein super Trick gewesen ist. Ich weiß immer noch nicht, wem die Wohnung eigentlich gehört und wie Paul an sie rangekommen ist, weil er von sich aus nichts gesagt hat und ich nicht fragen wollte. Mann, wenn ich so ne Wohnung hätte. Kein Wunder, wie's dann weiterging, aber mir war's egal, daß der Paul das vorher schon geplant haben mußte, weil's total schön war und wie im Traum.

Wenn ich davon geträumt hab, wieder mit Paul zusammen zu sein, hab ich mir zwar nicht genau den Sex vorgestellt, und auch wenn ich zu Hause war und mich angefaßt oder mit Mirko geschlafen hab nicht. Ich stell mir eigentlich gar nichts vor dabei, oder wenn, dann nur Sachen, wo nicht ich vorkomm und auch sonst niemand, den ich kenne. Aber das war schon toll, es jetzt wieder zu machen. Wir haben in der Nacht fast alles gemacht, was wir vorher schon mal gemacht haben. Um uns wieder dran zu erinnern oder weil wir so lange drauf verzichtet hatten und jetzt nicht mehr wußten, warum eigentlich, also ich glaub, der Paul wußte es auch nicht mehr so genau. Daß er gern mit mir schläft, war mir ja eigentlich schon klargewesen. Und auch, daß das eben nicht unbedingt reicht. Aber in der Nacht hat dann halt niemand darüber nachgedacht.

Danach mußte ich aber doch fragen, was eigentlich mit Miriam ist, und er hat gesagt, das spielt keine Rolle, aber sie wären nicht mehr zusammen. Ich hab mir so was schon gedacht, vielleicht nicht, daß sie nicht mehr zusammen sind, weil ich dachte, daß er auch deshalb die fremde Wohnung ausgeliehen hat, weil bestimmt Miriam bei ihm ist oder zumindest ihre Sachen, aber daß alles in Ordnung ist, konnte ich mir auch nicht vorstellen. Ich hab noch weitergefragt, aber er hat gemeint, er redet grundsätzlich nicht mit andern über das, was mit einer Frau ist, weil das nur sie beide was angeht, und über mich hätte er auch nie mit anderen geredet. Ich weiß ja nicht, wieweit das stimmt, bei Georg zumindest sah es immer so aus, als ob er ziemlich viel weiß über unser Privatleben, und von wem soll er das wissen, wenn nicht von Paul. Aber inzwischen trau ich dem ja auch zu, daß er sich wer weiß was ausdenkt, deshalb kann's schon sein.

Dann hat der Paul aber doch angefangen, über Miri zu erzählen, nicht viel, aber daß sie Drogen nimmt und keine feste Wohnung hat, und ich hab schon bereut, daß ich gefragt hab, weil ich raushören konnte, daß er vielleicht verliebt in sie ist. Und daß wenn, dann sie ihn verlassen hat und nicht umgekehrt.

Ich hör das immer, wenn ein Mann indirekt von einer Frau schwärmt, auch wenn er denkt, daß er ganz neutral redet. Bei Mirko merk ich's, und früher bei meinem Vater hab ich's auch gemerkt und dann immer geschaut, ob es meiner Mutter was ausmacht, aber die hat sich nichts anmerken lassen. Vielleicht hört man's daran, daß sie in so nem Fall besonders beiläufig erzählen, es aber doch unbedingt erzählen wollen. Manchmal machen sie es ja, um einen zu provozieren, aber dann find ich's egal. Viel schlimmer ist, wenn man nichts damit zu tun hat, außer daß halt irgend jemand zuhören soll.

Ich weiß sowieso oft nicht, warum einer mit mir zusammen ist, und wenn dann so was passiert, wird's noch schlimmer. Weil ich mir auch nicht vorstellen kann, daß irgendeiner, Paul oder Mirko oder egal wer, jemals so über mich erzählt.

Ich bin nach der Nacht ganz normal zur Arbeit, hab ganz normal Stefan vom Hort abgeholt, und abends kam Mirko wieder. Ich hab versucht, mich nicht drausbringen zu lassen und alles nicht so ernst zu nehmen.

Das Komische war, daß das, was ich in der Zeit davor gedacht hab, wie toll Paul ist im Gegensatz zu Mirko und daß ich mehr dafür hätte tun müssen, mit ihm zusammenzubleiben, daß das jetzt weg war, nachdem wir den Abend und die Nacht zusammen verbracht haben.

Es ist verrückt, wie anders es in Wirklichkeit ist, als wenn man sich's nur vorstellt. Vielleicht nicht das, was passiert, aber wie man sich fühlt. Vorher steigert man sich total rein, aber kaum ist es geschehen, ist es ganz normal, und es fällt einem auch wieder ein, warum es nicht so weitergeht und vor allem keine Lösung ist.

Aber das hält auch nicht lange an, sondern es geht immer hin und her. Als Paul sich dann ne Weile wieder nicht gemeldet hat, hab ich nämlich auch wieder angefangen rumzuträumen, obwohl ich genau wußte, daß es nichts bringt und daß es überhaupt nichts verändert, ob ich jetzt mit ihm schlafe oder nicht.

Früher hab ich noch gedacht, daß in meinem Leben alles passieren kann, aber jetzt glaub ich das nicht mehr.

Ich denke, daß das das Schlimmste ist am Älterwerden, daß man irgendwann weiß, naja, so viel anders wird's nicht mehr werden. Daß man sehen kann, wie's die nächsten zehn Jahre weitergehen wird mit einem. Ich hab den Mirko geheiratet, und ich hab den Kleinen, und das ist nicht mehr rückgängig zu machen. Das ist das Schlimme am Älterwerden, nicht die Falten oder die Figur.

Was höchstens sein kann, daß irgendwas wirklich Schlimmes passiert, was alles verändert, zum Beispiel Krieg, und der Mirko ist als Soldat im Feld, oder wir müssen fliehen und werden dabei getrennt, oder ich bin als Krankenschwester an der Front mit einem Arzt, so ähnlich wie in Doktor Schiwago, wo die beiden sich im Lazarett wiedertreffen und wo plötzlich ganz andere Regeln gelten als vorher.

Wenn man sich's überlegt, haben Kriege und Katastrophen auch Vorteile, wie zum Beispiel in Titanic, wo Kate Winslet den schrecklichen Mann dann doch nicht heiraten muß, sondern statt dessen Schauspielerin wird und fliegen und reiten lernen kann. Das wäre alles nicht gegangen, wenn nicht die Katastrophe passiert wäre, aber nach der Katastrophe ist es selbstverständlich, daß ihr Leben ganz anders wird, und es gibt ja auch niemand mehr, der ihr was vorschreiben kann.

Ich käm vielleicht in ein ganz anderes Land, und es wär zwar schrecklich, Mirko und Stefan nicht mehr zu haben, aber ich wär tapfer und würde versuchen, darüber hinwegzukommen und nach vorne zu schauen. Alles wäre dann auch nicht mehr so streng mit den Schulabschlüssen und der Ausbildung, weil viele Leute gestorben sind und man jede Hand braucht, um das Land wieder aufzubauen.

Jemand Neues kennenzulernen wäre auch ganz anders, weil alle irgendwelche Angehörigen verloren hätten und man sich gegenseitig stützen müßte, vor allem, wenn man vorhat, eine neue Familie zu gründen.

Paul

Ich hab Miri das erste Mal getroffen, da saß sie vor meiner Wohnungstür. Ich mach die Tür auf, und da sitzt ein Mädchen auf dem Abtreter und guckt wie ne Katze, die grad kacken will. Ich wollte eigentlich was fürs Wochenende einkaufen, aber das hab ich vergessen bis zum nächsten Tag, wo jedes Scheißgeschäft zu hatte, und ich weiß bis heut nicht, wo sie herkam, aus ner Wohnung über mir oder vom Himmel überm Dach oder wo. Sie hatte keine Ahnung oder sie wollte nichts sagen, jedenfalls war sie völlig zu. Und verdammt schön war sie und bleich und die Wangen eingefallen, aber hohe Wangenknochen, die das eigentlich Dürre schön aussehn lassen, und sie sah aus wie grad vom Regen rein, ganz nasse Haare, dabei hatte es seit drei Tagen nicht geregnet. Ich hab sie mit reingenommen und bei mir hingelegt, und es war ihr egal, sie hat nicht viel mitbekommen.

Ich hatte nen Ständer, und es wär alles kein Problem gewesen, aber ich hatte kein gutes Gefühl beim Drandenken. So von wegen, der kriegt eine nur, wenn sie häßlich ist oder hornalt oder weggebeamt. Sie war ganz leicht, ich hab sie praktisch getragen.

In der Nacht ist sie aufgewacht. Ich hatte neben ihr auf ner zweiten Matratze gelegen und die ganze Nacht kein Auge zugemacht, ich hab gemerkt, wie sie wach wurde, und dann meinen Arm auf ihren gelegt, und sie hat ihn nicht weggenommen, und da hab ich sie gefickt. Ich hatte schon lange nicht mehr gefickt, und es war ungefähr das, was ich vom Paradies erwarten würde, wenn's Paradies keine Lüge wär.

Die nächsten zwei Monate ist sie einfach dageblieben. Miri ist praktisch auf meiner Matratze liegen geblieben, aber ich denk manchmal, was mit so einer wird, wenn sie nicht schön ist.

Ich hab das Scheißzeug nie angerührt. Miri hat es mir nie angeboten, und ich hätt auch nicht ja gesagt, es war sowieso nie genug da. Manchmal hat sie selbst gesagt: »Scheißzeug«, und dann war sie sauer, weil's zuwenig war oder zu schlecht, dann durfte ich sie nicht mehr anfassen. Manchmal hat sie hinterher gekotzt, dann war der Trip okay, und wenn ich ihr dann den Mund abgewischt hab, war mein Schwanz schon in ihrer Möse drin.

Sie hat nicht oft nen Orgasmus gehabt. Ihr lag auch nicht viel dran, Frauen können sowieso leichter drauf verzichten, vielleicht wegen Erziehung, vielleicht ist es auch naturmäßig egal, weil sie kein Sperma loswerden müssen, ich weiß nicht.

Wenn Miri beim Ficken gekommen ist, dann war das unheimlich leise, vielleicht hab ich's auch nur nicht gemerkt, wenn sie gekommen ist, ist möglich. Sie lag halt meistens nur da, und manchmal hat sie gesungen dabei, auch ganz leise, und sich dabei die Hand an die Stirn oder vor die Augen gehalten. Zuerst dacht ich, ich mach was falsch, aber es war nur ne andre Art Stöhnen für sie, und als Miri es mir erklärt hatte, hab ich's auch gern gehabt beim Ficken, und oft war's ja auch nicht, daß sie gesungen hat, aber wenn, dann wußt ich, jetzt ist es besonders gut für sie, und ich mußte aufpassen, daß ich nicht gleich abspritze.

Nackt sah Miri wie ein kleines Mädchen aus, und sie lag beim Ficken meist so ruhig da, daß sie mir immer vorkam wie ne Jungfrau. Das war irgendwie verdammt schön, auch wenn's ne Lüge war und ich Lügen sonst nicht ausstehn kann. Einmal hatte Miri was genommen, und dann hat sie ihre Hose ausgezogen, und ich hab sie gefickt und sie die ganze Zeit beobachtet, und sie hat nicht ein einziges Mal dabei die Augen aufgemacht, aber plötzlich den Mund, und dann kam die Kotze und hat mich und das ganze Bett vollgesaut.

Unter der Dusche stand sie an mich gelehnt und hat erzählt, daß sie Eltern hat, die sie nicht sehen will, und daß sie auch das Geld nicht will, das die ihr versprochen haben. Wieso, hat sie nicht gesagt, aber wegen solcher Momente hab ich sie geliebt, wenn sie so an mich gelehnt gestanden hat, die Augen immer noch zu, aber gedacht hat, mir was erzählen zu können, weil ich jemand bin, der sie versteht. Was auch ne Lüge war, aber auch ne verdammt schöne, und letztlich kommt es doch nur drauf an, daß es gute und keine beschißnen Lügen sind.

Ich kenn keinen, der weiß, wo Miri herkommt, und sie selbst sagt nur, daß alles das beschißne Selbe ist.

Einmal hab ich sie mit zu nem Konzert gekriegt, sie ist nicht gern aus der Wohnung gegangen. Auf dem Konzert stand sie die ganze Zeit steif da, als wärn keine Menschen und keine Musik um sie rum und als hätt sie nichts bezahlen müssen dafür, und wir ständen an ner Haltestelle, und Musik käm aus den Lautsprechern für die Liniendurchsage. Sie hat ja auch nicht bezahlt, ich hab immer eingeladen. Ich hatte zwar auch nicht viel Geld, aber sie hatte praktisch gar keins. Und ihr hat's auch nie was ausgemacht, immer zu Hause zu sitzen, wo ich mal raus muß, sonst krieg ich nen Tumor im Kopf oder so, also hab ich immer eingeladen. Woher sie immer wieder Geld für ne Spritze hatte, keine Ahnung, sie hat mich nie angebettelt. Dazu war sie zu stolz, und ich hab ihr natürlich auch kein Geld gegeben, weil ich wußte, wofür sie es genommen hätte. Sie ist aber nicht auf den Strich gegangen. Das hätte sie ja machen müssen, wenn ich unterwegs war, einkaufen oder so, und abends warn wir ja immer zusammen, und sie ist auch fast nie alleine irgendwo hingegangen, und sie hätt's mir auch gesagt, wenn sie angeschafft hätte.

Aber sie hat auch so ne Art gehabt, wo man nicht alles fragen konnte. Jedenfalls hat sie das Geld woanders hergehabt.

Auf dem Konzert hat sie die ganze Zeit nur dagestanden, bis kurz vor Schluß die Band ganz langsam wurde und so nen Schmus anfing zu spielen, mit Schmalz in der Stimme und Herz im Mund, wo die kleinen Mädels nur drauf warten, weil sie da endlich heulen können und ihre Feuerzeuge rausholen, obwohl die meisten von denen noch gar nicht rauchen, die haben die Scheißfeuerzeuge nur dabei, weil sie wissen, es kommt so ein Lied und ist doch zu schade, wenn man hinterher nicht drei Tage lang seine Brandwunden zeigen kann. Und außerdem, wenn man schon ständig heulen muß in dem Alter, dann wenigstens mal auf dem Konzert oder so.

Und Miri läuft plötzlich vor zur Bühne, ausgerechnet bei so nem Kitschgejaule kommt sie raus aus ihrer Starre. Sie läuft auch nicht einfach, sondern rutscht durch die Leute wie ein Aal oder wie der Geist unter der Türritze, ich komm jedenfalls nicht hinterher und seh dann nur, wie sie auf die Bühne steigt und anfängt, sich da oben auszuziehen. Und ich konnte gar nichts machen, und ich wußte wieder nicht, wieso ne Frau wie Miri mit mir zusammen ist. Ich wär da nie im Leben hochgestiegen, und ausziehen schon gar nicht, und das wußte sie doch, keine Ahnung. Sie zieht ihr T-Shirt aus, und irgendein fetter Typ mit Armbinde versucht sie wegzuziehn, aber sie geht einfach unter seinen Armen durch, und ihre kleinen süßen Titten wackeln kein bißchen, wenn sie sich so schnell bewegt mit ihrem dünnen Oberkörper, so fest sind ihre Titten, und ihre Nippel kann ich aufgerichtet heute noch sehn, und dann zieht sie sich auch noch den Armeerock aus.

Sie hätte sich auch noch den Slip ausgezogen, denk ich, und der Wachmann war schon wieder bei ihr, aber der Sänger von der Band schiebt den Wachmann beiseite und hält Miri im Arm, wobei er weitersingt, ich glaub, es war ein Lied über das, was einer nicht kann, aber der stirbt lieber als weiterzuleben, ohne das zu können oder so. Jedenfalls kann er es dann am Ende vom Scheißlied plötzlich doch, und ich find's schade, daß Miri wegen so was da auf die Bühne klettert, das hätte sie beim Lied mit der wenigsten Melodie tun solln, und wo alle Feuerzeuge noch eiskalt waren.

Miri hat eigentlich kaum was gekonnt. Aber ihr war fast alles egal, und deshalb hat sie dann doch vieles gekonnt auf ne bestimmte Weise, und ich hab sie geliebt, ohne zu wissen, wer sie ist, und es war egal. Und ihre einzige Antwort war immer: »Es ist alles das beschißne Selbe.«

Vor der Wiese, auf der das Konzert war, hat uns dann jemand LSD angeboten. Miri hat ja gesagt, und ich hab's gekauft, obwohl ich nicht genau wußte und eigentlich sogar traurig war, aber es wurde richtig gut. Wir sind fünf Stunden, die ganze Nacht durch die Stadt gelaufen und haben uns halbtot gelacht, und tausend Sachen, die ich idiotisch find an der Stadt, die warn plötzlich noch zig mal idiotischer und alle auf einem Haufen. Und als wir schon langsam wieder runterkamen, haben wir gefickt, aber mehr so zum Experiment, es war schon hell geworden, und wir lagen in den Büschen im Park, und die Vögel warn laut, ein Penner hat geschnarcht, und wir haben gefickt und uns halbtot gelacht dabei, es war ne wunderbare Nacht.

Ich weiß nicht, wie ein Engel lacht, aber wenn's ein guter ist, dann würd er lachen wie Miri. Sie hat ja fast nie gelacht, aber wenn, dann war's um so schöner. Ich mein, ich glaub nicht an diese Engelkacke und so, aber irgendwie muß man's ja beschreiben, und wenn man sagt, die lacht wie eine aus nem Film, dann gibt's die im Film ja auch nicht wirklich. Verstehn tut aber trotzdem jeder, was man meint, und Miri hat wie ein Engel gelacht, basta.

Sie war auch die einzige, bei der es mich nie gestört hat, ihre Kotze wegzumachen. Jede andre hätt ich's selber wegmachen lassen, aber bei ihr war's immer, als wär's gar keine normale Kotze. Engelskotze.

Vielleicht ist bei mir ja ne Schraube locker. Oder ich spiel seit meiner Geburt in nem Scheißfilm mit, ohne das zu wissen.

Miri ist dann abgehaun. Du bist zu lieb, hatte sie nen Tag vorher gesagt, und dann komm ich nach Hause, und ihr Rucksack ist weg und das Bild, das sie gemalt hatte, und auch paar CDs fehlten, das hab ich erst später gemerkt, und ich bin mir auch nicht so sicher.

Georg hat das gleiche auch immer gesagt. Aber ich hätt nie gedacht, daß mal ne Frau so was zu mir sagt. Wo ich es doch wirklich nicht bin. Ich hab sie halt geliebt, diese Junkieschlampe. Wenn ich denn überhaupt mal lieben würde. Wenn ich denn mal zu einer sagen würde, daß ich sie liebe.

Gisela hat jedenfalls nie gesagt, daß ich zu lieb zu ihr bin. Gisela ist fast ne ideale Frau, leicht zufrieden und oft ziemlich fröhlich. Und sie war dann halt wieder da.

Als ich wußte, daß Georg nen Scheiß erzählt hatte, war ich der Blödian. Daß ich ihm geglaubt hatte und so. Gisela meinte ja, es wär egal. Klar, ich konnt ja nicht wissen, ob er nun die Wahrheit sagt oder nicht, wir warn ja mal befreundet gewesen, Georg und ich. Und so ne Scheißlüge, das ist das Letzte, und damit hat er gezeigt, daß er mit der Realität nicht klarkommt, sonst bräuchte er ja nicht zu lügen. Und wer weiß überhaupt, wie viele Lügen er sich selbst täglich auftischt, und was überhaupt dran ist an seinen ganzen Weibergeschichten, über vierzig soll er gefickt haben. Gisela hat er jedenfalls nicht gehabt, und da ändern auch keine Lügen was.

Georg und ich warn jahrelang Freunde gewesen. Inzwischen versteh ich das nicht mehr, aber das ist mir schon paarmal so gegangen hinterher, wahrscheinlich, weil man sich selbst geändert hat und nicht mehr derselbe ist.

Aber es gibt eben nur zwei Möglichkeiten: älter werden oder sich erschießen. Wobei es Sachen gibt, die dich wieder jung machen, zum Beispiel der erste Fick mit Gisela nach bestimmt drei Monaten, das war ein Grund, sich nicht zu erschießen, mal abgesehn davon, daß man schwer an ne Waffe kommt.

Ich hab sie in die Wohnung von nem Typen geführt, ich sollte das Wochenende drauf aufpassen, die war groß und teuer, und Gisela war so beeindruckt, daß sie dann nur die Augen zugemacht hat, als ich ihr an die Titten gefaßt und sie in den Hals gebissen hab. Wir standen dabei am Riesenfenster, und unter uns war alles gelb und rot und grün, und ich hatte gewußt, daß ich sie nur dahin kriegen mußte, damit sie mir nicht mehr böse ist, und wir haben super gefickt da mit Panoramablick auf die Stadt für sie und Tittenblick für mich.

Der Typ, dem die Wohnung und das Auto gehört hatten, war ein ziemlich Durchgeknallter, so ein Künstler, der dauernd nen Schal getragen hat, auch im Sommer, und der vor allem wollte, daß jeder sieht, daß er ein Schwuler ist. Der hat das so übertrieben, daß man's kaum noch glauben konnte, daß er wirklich schwul sein sollte und nicht nur Showmaster, aber er war wirklich ne Tunte. Er hatte die ganze Wohnung voller Bilder, so was wie ne Privatgalerie, und wollte mich ficken. Ich wußte das, und er wußte, daß ich wußte, und es muß ihm auch klar gewesen sein, daß ich ihn nie im Leben in die Nähe von meinem Arsch gelassen hätte. Aber irgendwie war er verliebt in mich oder fand es doppelt antörnend, einen anzumachen, der das absolut Unmögliche für ihn war oder so. Er hat nen Oldtimer gefahrn und mir die Schlüssel gegeben. »Und wenn ich's klaue?« hab ich ihn gefragt.

»Das machst du nicht«, hat er gesagt und mir dabei tief in die Augen geguckt, und ich hab nur gedacht, du Idiot hast bloß Glück, daß ich Autos sowieso nicht leiden kann und außerdem nicht weiß, ob du nicht jemand kennst, der weiß, wo ich wohne. Jedenfalls hat er mich paarmal zum Essen eingeladen, und wir sind ins Spielkasino gegangen, wo er ne Masse Geld verloren hat und das auch noch gut fand und mir hinterher seine Jacke geschenkt hat, und nach drei, vier Tagen gibt er mir Auto- und Wohnungsschlüssel und sagt, ich soll mal drauf aufpassen, er fliegt in die Schweiz fürs Wochenende.

Im Kühlschrank standen nur zwanzig Packen Joghurt, und er hatte nur klassische Musik und keinen Fernseher, also bei der ganzen Langeweile dacht ich mir, treff ich eben Gisela, das hatten wir ja vorher schon ausgemacht eigentlich, aber genau wußt ich das auch nicht mehr. Wir hatten uns lange nicht gesehn, und auch Freunde hatte ich nicht mehr wie früher, weil ich mich während der Zeit mit Miri nicht mehr um andre gekümmert hab, und die fanden sowieso, daß ich ihnen mit der Junkieschlampe vom Hals bleiben soll, die hat bestimmt Aids oder so und ist sowieso 'n Partykiller. Gisela war oft auf den Partys gewesen. Und ne Frau ist sowieso besser als ein Mann, wenn man keinen Bock auf Trinken oder Rumziehn hat. Die Monate mit Miri hatte ich mich dran gewöhnt, viel zu Hause zu sein, und als sie abgehaun war, ging das nicht von einem Tag auf den andern weg. Ich dachte ja auch immer noch, sie kommt wieder zurück. Ich hätte nichts weiter gesagt, ich hätt mich nur gefreut und so getan, als wär's das Natürlichste von der Welt, daß mal einer weggeht für paar Wochen, ohne was zu sagen, weil man ja absolut frei ist und keine Rechenschaft hat für niemand, aber sie ist nicht wiedergekommen. Ich hab mich nicht gut gefühlt, ich war verrückt danach, so ein Schmus, mal wieder ne Nacht mit ner Frau zu haben, und mit Gisela war's immer schön gewesen, auch wenn's nur Ficken war und sonst nichts. Und als sie da war, war's nur Ficken und sonst nichts, aber so gutes Ficken, daß ich's nicht beschreiben kann. Kein Wunder, wenn man nen Monat auf dem Trocknen war.

Gisela dachte wahrscheinlich, daß ich noch mit Miri zusammen war und deshalb ne andre Wohnung genommen hatte, weil Miri zu Hause in meinem Bett lag und wartete, und ich hab's ihr natürlich nicht ausgeredet. Sie sollte ja nicht glauben, daß ich jetzt wieder was Festes mit ihr wollte, und außerdem kommt es tierisch gut, wenn du einfach so mal ne andre Wohnung hernimmst und ein Auto aus der allerersten Klasse, nur um eine wie Gisela zu ficken, das ist so, als lebst du sonst in nem Loch, weil du es nicht anders willst, und dein Bankkonto hast du praktisch dem Tierschutzverein überlassen oder so.

Dabei hab ich nur den schwulen Heini benutzt, den ich dann nur noch einmal gesehn hab, da hat er von irgendwelchen Stoffen und nem jungen hoffnungsvollen Künstler in der Schweiz geschwärmt, der ihm jetzt seine Arbeiten schicken will. Und dann hat er versucht, mich anzufassen, und ich hab ihm gesagt, daß ich Joghurt nicht leiden kann und daß mir kein einziges Bild von ihm irgendwas gibt, aber daß ich ihn ansonsten ganz okay finde, eben okay und weiter nichts, und ich hab ihm väterlich die Hand auf die Schulter gelegt, so von wegen, mach dir nichts draus, und bin gegangen. Und das war stärker, als wenn ich gesagt hätte, ich bin hetero und find fremde Schwänze eklig, seitdem hab ich ihn nicht mehr gesehn.

Gisela hat nie gefragt, von wem das Auto und die Wohnung warn, ich glaub, sie mag's, wenn sie denken kann, ich bin eben in der Lage und tu alles dafür, so was hervorzuzaubern, um ne Frau wie sie rumzukriegen, und ich glaub, das Ganze hat ihr mörderisch gefallen, und sie wird noch dran denken und dabei feucht werden, wenn sie sechzig ist.

Ich hab dann mal Giselas Mann getroffen, mehr so von weitem gesehn. Ich dachte immer, der ist wie ein Metzger oder so was, aber dann war das so ein großer Dünner. Der war richtig dürr im Gesicht, als ob Gisela ihm nichts zu essen macht, er hatte ne Brille auf und seinen Balg an der Hand. Gisela hatte gesagt, daß Mirko ne Woche krankgeschrieben ist, und er hat angeblich selbst die Idee gehabt, das Kind mal bei ihm zu lassen, Vater-und-Sohn-

Urlaub oder so. Und dann kommt er mit dem Balg, um die Mutter von der Arbeit abzuholen. Hat er mal den Kleinen, fällt ihm nichts Beßres ein, als die Mutti von der Arbeit abzuholen, hat Gisela hinterher gesagt.

Aber daß das so ein Dünner war, hätt ich nicht gedacht. Und dieselbe Brille wie Gisela hatte der auf.

Ab und zu schlägt er sie noch, aber nur ganz selten, und er entschuldigt sich auch immer hinterher. Hat also doch was gebracht, daß ich zwischendurch mal von zu Hause abgehaun bin, sagt Gisela. Sie ist wie ein Schwein, das sich freut, wenn der Metzger an ihr sein neues statt das alte Besteck ausprobiert.

Georg hat ständig von irgendwelchen Frauen geredet, und klar hat er schon mehr Muschis gesehn als ich, aber ich wette, er hat noch keine fünf Tage hintereinander Sex gehabt mit einer. Und das ist nämlich was Besonderes, so lange mit jemand zu ficken, daß man sich einspielt aufeinander. Aber das hat Georg nie erlebt, und jedenfalls, wer Hunger hat, der redet vom Essen.

Nach Giselas Meinung ist er ein Idiot, und deshalb ist sie auch nie mit ihm ins Bett gegangen, weil er nichts versteht und auch nichts verstehn will von der Frau, die er fickt, nur ficken will er immer. Und weil sie nicht wollte, kann er sie nicht leiden, das meint Gisela. Georg wollte ziemlich lange mit ihr ins Bett gehn, wenn stimmt, was sie sagt, und wieso sollte Gisela ne Lügnerin sein wie Georg.

Ich hatte noch nie mit ner Frau geschlafen, bevor ich Georg getroffen hab. Ohne Georgs Party hätte ich Sanne nicht getroffen. Und seine Mutter auch nicht. Die ersten beiden Frauen hatte ich wegen Georg, und Gisela dann ja auch, ich wär sonst nie auf sie aufmerksam geworden.

An Georg ist zum Beispiel gut, daß er jetzt nicht im nachhinein auf traurig macht wegen seiner Mutter. Ich hab nie gesehn, daß er nett zu ihr war oder wie ein richtiger Sohn. Vielleicht ist ne besoffne Mutter ja auch wie eine, die dich regelmäßig schlägt oder so, und da heult man eben nicht groß rum, wenn so eine plötzlich für immer verschwindet. Und ich hab ja nicht mal bei meiner Mutter geheult, als die gesagt hat, sie will mich nicht mehr sehn, weil ich alles kaputtgemacht hab für sie, und dabei hat sie mich nicht mal geschlagen, sondern nur sich selbst schlagen lassen von meinem Vater, und ich hab' s geschafft, daß mein Vater abgehaun ist, weil ich ihn sonst umgebracht hätte, aber das findet sie alles andre als gut. Angeblich, weil ihr die paar Schläge nichts ausgemacht haben, wer's glaubt. Aber wenn man nen Sündenbock braucht, dann findet man den auch, und ich war eben am besten greifbar. Und meiner Mutter hat's ja auch nicht gefallen, daß ich mich so gehenlassen hab und so lebe, wie sie nie ein Leben für ihren Sohn gewollt hat, das warn immer die andern Kinder von den Proletarier- und Assifamilien, die dann selbst mal keinen Job wolln und nicht ne schöne Wohnung und nie ein blankgeputztes Auto, so was sollte aus meiner Mutter ihrem Sohn ja nie werden, und nun ist er das. Und wenn sie mich nicht sehn will, bis ich nen Job hab, dann sieht sie mich halt nie. Und es ist mir auch egal, weil ne Mutter, die ihren Sohn nur unter solchen Bedingungen liebt, ist ne Mutter, auf die ich pfeifen kann.

Bei uns zu Hause gab's alles: Sonntagsausflug, gemeinsam abendessen am Wohnzimmertisch, alle zwei Jahre das veraltete Auto gegen ein neues ausgetauscht, und einmal die Woche grillen mit den Nachbarn. Und nachts kriegt meine Mutter paar auf die Fresse, weil sie angeblich mit dem Nachbarn geflirtet haben soll, dabei hat sie sich nicht getraut, nen andern Mann auch nur anzugucken. Und ich hab's ihr kaputtgemacht, und ich werd mal wie Georg, und dann hat sie lieber keinen Sohn gehabt.

Das meiste geht irgendwann den Bach runter im Leben, und was Neues kommt, und das ist nicht schlimm, wenn man kein Drama draus macht.

Ich war noch mal bei Georgs Mutter, da war sie grad trocken. Ich konnt es später keinem sagen, daß ich da war an dem Abend, und es hätt ja auch nichts genutzt. Ich hatte ihr ne Flasche Wodka mitgebracht, Moskovskaja, ihr Lieblingszeug. Ich konnte ja nicht wissen, daß sie grad auf trocken machte. Mit Gisela war seit kurzem Schluß, zu der Zeit war das.

Wir haben angefangen zu trinken, und die Potzke hat mir erzählt, was sie alles machen will in nächster Zeit, und ich denk, na klar. Und immer hat sie gesagt, nur zwei, drei Schluck, damit's hinterher wieder Spaß macht, trocken zu sein. Ich wußte nicht, daß sie vor ner Woche erst aus dem Krankenhaus raus war, hat mir keiner gesagt, sie ja auch nicht.

Ich werd nie lustig vom Trinken, aber die Potzke hat mir an dem Abend gezeigt, wie es sein könnte. Sie fing an damit, daß sie dachte, sie ist wieder fünfzehn oder so, und mit kleinem Knackarsch und kleinen Spitztitten unter dem noch kleineren T-Shirt, und die Jungs auf dem Schulhof sind um sie geschart und kitzeln sie durch, damit sie mal was von den Spitztitten fühlen können. Sie hat irgendwas dazu gesungen, das klang gar nicht schlecht, aber vielleicht war's wirklich nur ein Kinderlied, ich weiß das nicht mehr so genau, weil ich ja auch was getrunken hatte und nicht viel vertrage im Vergleich zur Potzke zum Beispiel. Sie wollte sogar tanzen, aber dann hat sie es doch bleiben lassen, wahrscheinlich auch, weil ich so steif neben ihr gesessen hab und nicht mitgeschunkelt hab und so. Jedenfalls hatte sie richtig Spaß, und ich dachte halt, der tut kaum einer was Nettes, Georg schon gar nicht. Und so ne Flasche hat die vorher immer locker alleine weggekippt, das war wie nichts für die. Klar hatte ich vorher auch Lust, sie zu ficken, aber ich bin nicht nur deshalb gekommen. Georg hatte mir erzählt, daß Gisela ihr Kind zum Fenster rausgeschmissen hatte, und na klar hätte ich keine Schuld dran gehabt, wenn's denn so gewesen wär, aber man muß eben vorsichtig sein bei den Weibern, nie ist einer sicher, was die fertigbringen.

Jedenfalls hatte ich die Flasche gekauft, weil sich um die Potzke eben keiner kümmert, und seit Schluß war mit Gisela, dachte ich irgendwie, ich würd nie mehr ne Frau zum Ficken kriegen. Ganz komisches Gefühl war das, lächerlich, klar, aber ich konnte nichts machen. Wir sitzen also in ihrem Spießerwohnzimmer, wo die Vorhänge zugezogen sind und es ziemlich penetrant nach kalter Asche riecht, wenn ich das schon merke. Und wir trinken zusammen, und die zweite Hälfte der Flasche geht allein auf die Potzke, weil ich schon gemerkt hab, wie ich breit wurde. Ich konnte keinen Wodka mehr runterkriegen, und die Potzke hatte außer Mineralwasser und dem Rest Wodka nichts Trinkbares da, nicht mal ’n Bier, ich kam mir bißchen blöd vor. Und Berge von Chips hat sie immer wieder aufgetürmt, die hat sie praktisch alleine gegessen, weil ich nach der ersten Tüte genug hatte. Und dann hab ich meine Hand auf ihr Knie gelegt, und ihre Riesentitten standen mir entgegen wie was Schönes zu essen, und da hat die Potzke plötzlich aufgehört zu singen und mich angeglotzt wie ne Kuh. Es war peinlich still im Zimmer. Ich hab ne trockne Kehle gehabt, und es klang wie heiser oder so, als ich gesagt hab, daß ich jetzt endlich mal gehn muß, es war wirklich schon spät. Sie hat mich mit diesem Blick verfolgt bis zur Tür, und ich hab mich gefragt, wieso ich zweimal bei ihr gekommen war damals.

Ich hab keinem was gesagt von diesem Abend. In der Nacht ist sie gestorben, Kreislaufzusammenbruch oder so. Sie war auf Tabletten, aber das wußt ich ja nicht.

Ich hoffe nicht, daß sie gedacht hat, ich wär nur gekommen, um sie zu ficken. Sie hat ausgesehn wie ne Kuh, und sie hat mich eigentlich immer gemocht, so wie ich gehört hatte, aber mit diesem Blick war ihr einfach alles egal, und ich gehörte dazu.

Eine zu ficken, der es keinen Spaß macht, weil’s ihr egal ist, macht selbst auch keinen Spaß. Georg würd sagen, das ist Verklemmtheit, aber es hat nichts mit Moral zu tun, sondern nur mit gutem Sex. Miri war ja auch vieles egal, aber sie hat nie was gemacht, was sie nicht machen wollte, und selbst mit ganz verdrehten Augen hat sie noch nie wie ne Kuh geglotzt. Miri brauchte nichts zu machen, damit ich mich gut gefühlt hab, sie mußte nur da sein, rumliegen, schlafen, egal. Ich hab nicht mehr die Welt gebraucht, nur sie noch. Ich hab ihr das mal gesagt, so wie ich das gefühlt hab. Vielleicht darf man so was ner Frau nicht sagen.

Ich hab eigentlich immer gewußt, daß man so was ner Frau nicht sagen darf. Man kann nie was über die Zukunft sagen, und wenn man was über die Liebe zu einer sagt, dann sagt man was über die Zukunft, und damit belügt man sich nur selbst. Scheiße.

Georg hätte seine Mutter nicht schlagen dürfen, egal, was sie gemacht hat. Aber er hatte sie noch nie geschlagen gehabt vorher und auch später nie mehr, und wenn er es bereut hat, dann würde er das nie zugeben. Ich kann nicht sagen, daß ich's irgendwie okay finde. Aber es war irgendwie mehr, als ob ich sie geschlagen hab und nicht Georg. Ich mein, das war's nicht, was mich von ihm weggebracht hat, obwohl's das hätte tun können und sonst eigentlich immer ein klarer Fall ist für mich, ohne Wenn und Aber.

Ich hätt mich selbst hassen können, aber nicht mal das hab ich getan.

Einmal saß ich im Café. Ich geh ja nicht gerne in Cafés, da sitzen die Idioten, die das Gequatsche der andren brauchen und daß sie gesehen werden und daß sie selber was zu sehen haben. Wer ins Café geht, wo er genauso mit tausend Leuten zu Hause billig was trinken könnte, der ist ein Idiot. Der kann nicht mit sich alleine sein, der packt die Welt nicht, wie sie ist. Ich saß nur da, weil Gisela das wollte. Einmal hatte ich dabei schon mitgemacht, aber das war okay gewesen. Das war unser erstes Treffen seit der Trennung gewesen, und das ist was anderes, da ist der Ort nur Alibi für was Wichtigeres. Aber diesmal ging's um nichts Wichtiges. Sie wollte einfach mal wieder nen Kaffee trinken gehn zusammen mit mir, hat sie gesagt, und dabei meinte sie, daß sie sich mit mir zeigen wollte. Klar gefällt's ner Mutter und Hausfrau, mit nem jungen Typ zusammen gesehn zu werden, ne kleine Affäre ist ja heutzutage modern. Kommt gut, wenn du sagen kannst, ich hab nen Geliebten, so zur Abwechslung. So 'n Scheiß. Hab ich vielleicht zwei Weiber nötig, nee, eine reicht mir völlig, ist stressig genug.

Wir hatten uns verabredet, und ich war vorher da. Ich hatte mir ein Bier bestellt, ein kleines Bier drei Mark, das ist der Hammer. Gegenüber war ein Imbiß auf der andren Straßenseite, aber das Bier hätt ich ja nicht mit ins Café nehmen können, da haben die sich affig, selbst wenn man zusätzlich noch nen Kaffee bestellt. Man kann sagen, Herr Ober oder so, ich bestell mir sowieso nur nen Kaffee, Bier ist mir hier zu teuer, aber trinken würd ich schon gern eins, also seien Sie so nett und lassen Sie mich ein Bier vom Imbiß drüben holen, deshalb verdienen Sie nicht weniger an mir. Aber den Ober möcht ich sehn, der da mitmacht.

Also ich sitz schon ne Weile vorher da und seh die ganzen rausgeputzten Affen an den Nebentischen sitzen und denk mir, Scheiße, wieso hat mich Miri sitzenlassen. Ich hab so sehr an die verfickte Miri gedacht, die mich sitzengelassen hatte, daß ich fast aufgestanden und gegangen wär. Da wart ich auf meine Hausfrau, die paar Kilo zuviel hat, die blödes Zeug von ihrem Kind erzählt, die spießige Klamotten anzieht und nicht mal hübsch ist, und je länger ich sitz, desto mehr weiß ich, daß ich eigentlich aufstehn müßte, und desto mehr wart ich drauf, daß Gisela endlich kommt.

Miri hätte sich nie in so ein Café gesetzt. Egal mit wem sie grad zusammen wär, sie hätte das nicht gemacht. Und ich mach das für ne Hausfrau, die immer noch bei ihrem Mann ist und wahrscheinlich für immer bleiben wird, weil er die Miete bezahlt und sich jetzt sogar entschuldigt, wenn er sie schlägt.

Vielleicht wenn einer Heroin gehabt hätte, wäre Miri mit ihm ins Café gegangen.

Dann kam Gisela, und sie hatte sich feingemacht. Sie hatte praktisch keinen Unterschied mehr zu den Wichsern rings um uns. Dann hat sie eine der Zeitungen genommen, die auslagen, und mir nen Kuß gegeben und angefangen, mir aus der Zeitung vorzulesen. Ich hab wirklich kurz gedacht, sie macht Spaß oder so. Erst laß ich mich von ihr überreden, in das Scheißcafé zu gehn, und dann macht sie auch noch auf gelehrt, was ne glatte Lüge ist, weil sie garantiert nicht mehr als zehn Bücher in ihrem Leben gelesen hat, vielleicht noch Groschenhefte dabei.

Ich hab's mir ne Weile angehört und sie dann gefragt, ob sie mit ficken aufs Klo kommt. Sie hat von der Zeitung aufgeguckt, als hätt ich auf den Tisch geschissen. »Kannst du nicht einmal mit mir in Ruhe einen Kaffee trinken?« hat sie gefragt und auf beleidigt getan. Dabei konnte sie sonst nicht genug von kriegen, wenn ich ihr im Taxi oder sonstwo ins Ohr geflüstert hab, was ich später mit ihr machen würde.

Gisela macht also auf feine Dame, und ich steh auf und geh, weil ich gemerkt hab, daß da was schiefläuft. Das hätte sie früher nicht gemacht, und ich hab gemerkt, wie sie sich zu sicher wurde und wie sehr ich weich geworden war in allem, wie ein Mann ner Frau gegenüber zu sein hat, und ich war richtig wütend. Sie hat da im Café geglaubt, sie wär ne feine Dame und sie könnte immer wieder jemand wie mich haben, nen Lover, das hat sie geglaubt und dabei ganz vergessen, daß sie ne dicke spießige Hausfrau mit nem Kind ist, die vielleicht paar Typen mal in den Arsch ficken würden, aber die es nie mit ihr so lange aushalten würden wie ich. Das hat sie vergessen da im Café, und ich denk heute noch, daß es das Richtige war, aufzustehn und zu gehn und sie mein Bier bezahlen zu lassen, weil's sowieso ein Scheißspießerladen war, völlig überteuert und was für Wichser, die nicht mit sich alleine zurechtkommen. Und Gisela hat auch noch am selben Abend angerufen, und auch wenn sie noch beleidigt war, daß ich sie so sitzengelassen hatte, war doch klar, daß sie eingesehn hatte, daß sie vergessen hatte, wer sie ist.

Ich hätte sie nie angerufen, drei Jahre lang nicht, wenn sie es nicht getan hätte. Aber Gisela hat keinen Stolz, die ist zufrieden, wenn sich einer entschuldigt, nachdem er ihr paar aufs Maul gehaun hat. Und Gisela ist, bis sie tot ist, keine feine Dame, da kann vorher die Hölle zufriern, bevor Gisela ne feine Dame ist, und sie kann froh sein, daß sie weiß, wie man fickt, sonst wär sie nicht mal ne gute Fickerin, aber das ist sie, und das ist auch besser als ne feine Dame, wenn man mich fragt, und das hab ich ihr auch gesagt.

Mirko muß bescheuert sein, daß er so ne Frau schlägt, die sich immer um einen kümmern würde, wenn's einem schlechtgeht, und die sich über alles freut, was man ihr Nettes sagt. Ich würd gern wissen, ob der sie eigentlich liebt, aber wahrscheinlich würd er das nie sagen, und sie würd auch nicht fragen, nicht nach zehn Jahren, weil das wär irgendwie unhöflich oder so.

Wir warn mal baden, Gisela und ich. Und ich seh ihren dicken Arsch und daß ihr Bauch nicht kleiner geworden ist, und ich denk für nen kurzen Moment an die Leute um uns rum, die uns sehn und auch mitkriegen, daß ich so ne Alte mit Figurproblemen zur Geliebten hab. Und ich bin ins Wasser gerannt, ohne auf Gisela zu warten oder mich umzudrehn und als gehört sie nicht zu mir oder wir wärn dicke Kumpel, aber jedenfalls kein Paar, das sich heimlich dreimal die Woche trifft. Und das Wasser klatscht über meinem Kopf zusammen, und ich tauch ungefähr ne halbe Stunde, ohne mal Luft zu holen, und als ich wieder hochkomm, ist Gisela schon ein ganzes Stück rausgeschwommen auf dem See, und ich hab gesehn, daß sie ziemlich schnell war für ne Frau mit zuviel Fett. Dann bin ich ihr nachgeschwommen, hab gerufen, wir machen ne Wette, wer schneller ist, und ich hab gewonnen, klar, als Mann. Und als wir rausgehen nebeneinander, hab ich an Miri gedacht und daran, daß es alles das beschissene Selbe ist, und ich hab die Leute gesehn, die mit ihren Schwabbelbäuchen und Schwabbelärschen und Schwabbeltitten Volleyball und Karten und Ich-werd-immer-schöner spielten, und ich hab Gisela mit der Zunge geküßt, so tief und derb, wie ich sie sonst ficke, und es sollte auch ne Art Fick sein und kein Kuß wie bei nem Filmpärchen am Scheißsonnenuntergangsstrand. Und als wir dann im Sand lagen, hat sie mich eingecremt und mir den Finger in den Arsch geschoben unter der Badehose, und ich hab gedacht, vielleicht ist nur dann was richtig beschissen, wenn es ewig dasselbe ist.

Am Abend mußte sie nach Hause, damit Mirko nichts mitkriegt, und ich hab lange nicht schlafen können und bin nachts aufgewacht und hab zur Seite gegriffen, weil ich dachte, da liegen paar große warme Titten, aber da war nur ne kalte Matratze, und ich hab gedacht: Scheiß-Mirko, laß die Finger von ihr, wenigstens diese Nacht. Ich hab wirklich gedacht, diese eine Nacht soll er mal die Finger von ihr lassen, sonst ist es mir egal.

Gisela hat mir beim nächsten Mal erzählt, er wollte nicht die Finger weglassen, aber sie hat Kopfschmerzen gehabt und das nur deshalb, weil sie sich immer alleine um das Kind und um den Haushalt kümmern muß, neben ihrem Kassiererinnenjob, und es ist seine eigene Schuld, wenn er nicht zu Hause hilft, also, sagt Gisela, so würde das schon die ganze Zeit laufen, seit sie sich wieder mit mir trifft. Ich weiß zwar nicht, was davon stimmt, vielleicht will sie mich auch beruhigen, aber deshalb sag ich ja auch nie, sie soll nicht mit ihm ficken, denn erstens hab ich kein Recht drauf, und außerdem würde sie mir dann einfach sagen, sie tut's nicht, und so sag ich lieber, es ist egal, und erfahr dann, wann sie es getan hat und wann nicht. Und ich glaub ja wirklich irgendwie, daß sie es nicht oft mit ihm macht, weil er sie ja schlägt und sie kaum was mit ihm redet und sie auch weggehn würde von ihm, wenn's nicht das Kind gäbe oder so.

Wenn ich mit Gisela ficke, prüf ich immer mit dem Finger oder der Zunge unauffällig, ob sie vielleicht noch Sperma von ihm drin hat, und dann laß ich mir lieber einen blasen, als meinen Schwanz in das Zeug von ihrem Scheiß-Mirko reinzustecken, aber zuletzt hab ich da nie was gefunden, und ich hoffe, es stimmt, was sie sagt. Vielleicht wäscht sie sich aber auch immer, bevor sie zu mir kommt.

Gisela zerreißt sich nicht mehr so beim Sex. Ich mein, sie ist immer noch voll dabei und bewegt sich ordentlich, aber sie hat zum Beispiel immer seltener ihre halterlosen Strümpfe an. Die sind angeblich so warm, und der Gummi oben macht, daß die Haut krabbelt, und ihre Beine sehn so fett aus, weil oben alles abgeschnürt wird von dem Gummi.

Am Anfang hat sie das alles nicht gestört, da wußte ich nicht mal, daß das Zeug so warm ist. Und daß ihre Beine in den Strümpfen fett aussehn, ist auch kein Grund, alles oberhalb von dem Gummi gehört ja wohl schon zum Arsch, und der kann nicht fett genug sein, im Bett, mein ich.

Das hat Georg immer gesagt, daß die Weiber austauschbares Fett haben müßten, im Bett voll die Packung drauf an die Titten und den Arsch, aber auf der Straße muß das dann alles wieder weg sein. Zum Zeigen müssen die Weiber dürr sein, das ist das beste, aber ne Dürre im Bett macht keinen Spaß.

Naja, Georg hat ne Menge erzählt, und Miri war extrem dünn, aber im Bett hat das genausowenig was ausgemacht wie sonst irgendwo.

Sex mit Gisela war zwar als reiner Sex betrachtet schon besser. Und das lag vielleicht an ihren Titten, aber vielleicht auch daran, daß ich bei ihr immer sicher war, daß sie Spaß hat. Bei Miri hab ich immer aufgepaßt, ob's ihr gefällt und wie sie stöhnt und ob sie es jetzt hart oder lieber ruhiger mag, alles so was, worum ich mich bei Gisela nen Scheiß gekümmert hab, auch nicht mußte, weil Gisela alles gefallen hat, was wir gemacht haben. Und in letzter Zeit sagt sie auch, was sie alles noch machen möchte, und wie. Miri hat nie was gesagt, keine Ahnung, ob's ihr gefallen hat, ob's ihr egal war oder an wen sie dabei gedacht hat. Wenn ich sie gefickt hab, hab ich fast nur für sie gefickt, kommt's mir manchmal im nachhinein vor, und ich hab keine Ahnung, ob sie Spaß gehabt hat, vielleicht hat sie es manchmal gebraucht.

Zwar ist der Sex mit Gisela im ganzen nicht mehr so wie früher, weil ich ja nun weiß, wie sich ihre Titten und ihr Arsch so anfühlen, aber es entspannt irgendwie noch besser als früher, und das ist wichtig, daß man entspannt ist, sonst kommt man mit vielem überhaupt nicht mehr klar.

Diese Stadt kotzt mich so an, ich werd wirklich verschwinden von hier. Ich weiß, daß so was viele sagen und dann nie machen. Aber wenn ich genauso wär wie diese Wichser, ich hätt mir schon lange nen Strick genommen, ich bin nicht wie die. Ich bin Pa, und niemand sonst heißt Pa, ich hab die Mutter von meinem besten Freund gefickt. Diesen Ficker-Pa, diesen Alte-Frauen-Ficker-Pa gibt's nur einmal, dazu gehört schon ne Menge, es mit der Mutter vom besten Freund zu machen, und ich werd hier abhaun mit nichts als bißchen Geld und vielleicht ner Frau, vielleicht Gisela, wenn sie Lust hat und auf ihren Scheißmirko verzichten kann und auf ihren Balg, ich werd abhaun und dann auch nicht mehr Pa heißen. Das könnt ich mir schon vorstellen, daß es zu zweit leichter ist in ner andren Stadt, als wenn ich ganz alleine abhaun würde.

Ich weiß ja nicht, ob sie Lust hätte, bei den Frauen geb ich keinen Tip ab. Da denkst du, du bist irgendwie wichtig, und plötzlich gings nur um deinen Schwanz und um das Dach überm Kopf, das du bezahlt hast oder so.

Frank hat ein Auto gekriegt vom Vater seiner Freundin. Eigentlich ist es ja für die, aber sie hat keinen Führerschein. Der Idiot von Vater macht einen Liebesbeweis in Form von nem Auto und weiß nicht mal, daß seine Tochter überhaupt nicht fahren kann. Ich könnte drüber lachen, wenn's nicht so traurig wär, das Ganze, mein ich, und daß Frank wohl bald noch selber Familienvater wird.

Das Beste, was man zu Georg sagen kann, ist, daß er sich wahrscheinlich gleich nen Mercedes kaufen würde, größte Klasse oder so, weil entweder oder gar nicht. Nen Kleinwagen würde der jedenfalls nie fahrn, das ist sicher.

Weil er Kleinwagenbesitzer, die am Sonntag die Autoräder putzen, am liebsten alle auf die Schnauze haut. Aber er schlägt sich eigentlich fast gar nicht. Obwohl er Krafttraining macht und viel erzählt, wie leicht und gern er sich provozieren läßt, aber er ist kein Schläger. Und es bringt ja auch nichts, da verstehn die solche wie uns erst recht nicht. Georg ist nicht dumm, nur ungebildet.

Es ist schwer, nicht zu denken, man ist dumm. Man muß ne Menge machen, um das nicht zu denken.

Ich war mit Gisela im Kino vor ner Woche, weil Gisela wollte und von mir aus, sie hatte mich eingeladen. Und dann war das ein Film mit so ner Liebesgeschichte und ringsrum ne Katastrophe, aber die war nur ein Alibi für die Geschichte zwischen den beiden, und Gisela heult ab der Mitte des Films die ganze Zeit. Hinterher frag ich sie, ob der Film ihr gefallen hat, und denk, daß sie natürlich ja sagt, ich hab nur so aus Höflichkeit gefragt, weil man ja über den Film reden muß hinterher. Und sie sagt nein zu mir. Das hab ich nicht verstanden, weil sie doch geheult hat die ganze Zeit, aber sie sagt, das hat nichts zu bedeuten, und ich hab da gemerkt, daß sie doch nicht so dumm ist, wie man denkt, wenn man sie im Alltag sieht oder bei dem, was sie so macht.

Ich könnte Gisela nie was von Liebe erzählen, wär ja ne Lüge. Auch wenn ich finde, daß sie es irgendwie verdient hätte manchmal.

Stimmt schon, was Georg sagt, daß man kein Mitleid

haben darf, mit niemandem und wegen nichts im Grunde, sonst tut man am Ende Sachen, die man mit klarem Kopf nie tun würde oder so. Und das sollte der andre doch merken und es noch schlimmer finden, als wenn man gar nichts getan hätte.

Ich hab Gisela nie was von Liebe erzählt, und ich glaub, sie hat's immer verstanden und genau gewußt, daß es nicht stimmen würde, und will's deshalb gar nicht. Sie ist nicht so dumm, wie man denkt, wenn sie über dumme Sachen redet. Und sie weiß, daß wir nur auf ne bestimmte Weise zusammensein können und daß alles andre von vornherein nicht geht, und das hat gar nichts damit zu tun, wie schön es ist oder so, sondern nur mit dem, was wir sind, jeder für sich, und da kann's noch so schön sein, manchmal bedeutet das eben nichts. Wir sind nicht Romeo und Julia, wir sind mehr wie Leute, die zusammen angeln, aber nichts miteinander sprechen dürfen, sonst verschwinden die Fische, und das wolln wir ja beide nicht, dafür sitzen wir ja nicht zusammen und angeln. Und das weiß sie, so dumm ist sie nicht, daß sie was verlangen würde, was ich nicht geben kann, weil's einfach nicht paßt, sie mit dem Kind und dem Mann und den drei Jahren, die sie älter ist als ich, und ich mit der Liebe zu ner Frau, die einfach was andres ist und mehr bedeutet als ne schöne Zeit. Das weiß sie, und das ist das Beste an ihr, daß sie nicht was will, was Quatsch wär, sondern daß sie auch genießen kann, was ist, und das ist ja ziemlich gut.

Gisela geht jeden Mittwoch angeblich mit ihren Supermarktfrauen zum Bowling, und wir treffen uns dann bei mir. Früher haben wir immer als erstes ne Nummer geschoben und dann geraucht und Wein getrunken und Musik gehört, Gisela hat bei mir öfters mehr Wein als ich getrunken, als würde sie das zu ner Wilden machen. Inzwischen trinkt sie nicht mehr so viel, und wir reden auch erst was, und sie erzählt von der Arbeit und packt manchmal was aus vom Supermarkt, und manchmal fikken wir erst, kurz bevor sie geht, so ne Art Abschiedskuß ist das, aber ein ganz schön langer.

Ich würd Samstag gern irgendwo mit ihr hingehn, weil Samstagabend komm ich mir immer komisch vor ohne jemand, mit dem ich die Nacht durchmache, aber da kann sie nie, weil Mirko nach der Sportschau den Tisch deckt und selber Abendbrot macht, dann muß sie immer strahlen und tun, als wär das seine echte Seite, und die restliche Woche versteckt er sich nur oder so, und dann will er meistens ficken, das sagt sie nicht, aber das denk ich mir ziemlich genau. Dafür gehen wir Sonntag am Morgen frühstücken, wir haben da so nen Platz im Park, der ist ziemlich versteckt. Dort hab ich damals mit Miri gefickt in der LSD-Nacht, aber das sag ich Gisela natürlich nicht. Jedenfalls wird man dort kaum gesehn, und wir packen die Brötchen aus, und für mich hat sie meistens bißchen Wurst mit oder Schinken, sie selber macht meistens nur Marmelade drauf.

Sonntag im Park ficken wir nie, weil sie dann Mittagessen machen muß zu Hause, aber ich bleib manchmal noch dort liegen und hol mir einen runter, es ist wirklich ein guter Platz.

Montag abend ist Mirko immer mit seinen Freunden

trinken und selber Bowling spielen oder so was, und wir könnten es sogar bei ihr zu Hause treiben, aber das will sie nicht. Ich war noch kein einziges Mal bei ihr zu Hause, und ist auch besser so.

Gisela hat mir mal ne CD geschenkt, ganz schlimmer Teenie-Mist, der vor nem halben Jahr im Radio rauf- und abwärtsgelaufen war, ich hab sie paarmal aufgelegt, wenn Gisela da war, und dann nie mehr gehört. Die Unterschiede fangen bei der Musik an und hören nur im Bett auf, und die Frau, die ich mal haben werd, muß nicht in allem gleich mit mir sein, aber es gibt paar Grundsachen, und über die kleinen Geschichten kann man reden, aber die Grundsachen sind Grundsachen, und Musik ist zwar nicht mein Leben, aber ein Leben ohne Musik kann ich mir auch nicht vorstellen. Der Kleine von Gisela hat mir mal die Hülle von ner CD kaputtgemacht, zum Glück nur die Hülle, aber es war eine meiner Lieblings-CDs, und ich werd sauer, wenn mit meinen CDs was ist. Nicht, weil ich irgendwie auf Eigentum stehe, aber mit Musik ist das so wie mit Erinnerungen, und die kann man eben nicht einfach neu kaufen, und ich würd meine CDs auch mitnehmen in ne andre Stadt, weil meistens an jeder ein Stück Leben dranhängt. Das hab ich versucht, Gisela klarzumachen, wieso ich da so sauer werde, obwohl's mir sonst nichts ausmachen würde, wenn zum Beispiel die Stereoanlage kaputt wär plötzlich, aber das hat sie nicht richtig kapiert, sie hat selber gar keine CDs, glaub ich, und Musik hat ihr nie so viel bedeutet wie mir, aber so ist das mit den Grundsachen, und ihr Kind bedeutet mir ja auch nichts, und ich weiß manchmal nicht, wie lange das gehen kann mit so viel Unterschied zwischen uns, und oft ist mir auch nicht klar, wieso es schon so lange geht.

Auf die Dauer ist das nichts, diese Treffen und so. Immer feste Zeiten, Heimlichtuerei, festgelegter Abschiedskuß und so. Das hat alles kaum was mit Freiheit zu tun. Es hat was Schönes, weil's was Verbotenes ist irgendwie und nicht alltäglich, aber es ist nicht wirklich spontan, und das nervt auf die Dauer. Es ist ja auch nicht von Dauer, das weiß Gisela genauso wie ich. Aber ich weiß auch nicht, wie es wär, wenn sie nicht verheiratet wär und mit Kind und so. Ob ich dann mit ihr zusammen wär irgendwie, oder ob sich das ausschließen würde von vornherein, weil dann würde man sich in der Öffentlichkeit zeigen und sagen: Das ist meine Freundin Gisela, und ob das mein Job sein könnte, weiß ich nicht genau. Aber auf Dauer kann das so wie jetzt auch nicht sein, weil ich merk, daß das nichts mehr mit Freiheit zu tun hat oder das Gegenteil ist davon.

Ein Typ sieht jeden Morgen auf dem Weg zur Arbeit eine Frau, und immer, wenn sie aneinander vorbeilaufen, lächelt sie ihn irgendwie an. Der Typ verliebt sich richtig in sie, und erst als er sich traut, sie anzusprechen, kriegt er mit, daß sie ne Blöde ist, ballaballa, geistig gestört. Aber er kann nicht mehr zurück, weil er sich verliebt hat, und dann muß er sie wohl oder übel kennenlernen, und am Ende heiratet er sie, weil er gemerkt hat, daß ne Blöde nicht in allem blöd sein muß, nur weil sie jeden auf der Straße angrinst und denkt, wenn's regnet, gehn die Augen kaputt.

Ich guck ja eigentlich ungern Filme, weil sich da jeder sein Leben rausholt, was er nicht hat, und er hat's nicht, weil er seine Zeit und seine ganze Energie fürs Gucken von diesen Scheißfilmen vergeudet. Man muß nur ne normale Familie mal ne Woche lang beobachten, dann weiß man, wieso der Fernseher auf keinen Fall ins Scheißwohnzimmer gehört, wo man noch ne gute Familie sein will. Aber bei diesem Film war ich noch mit Miri zusammen, und sie hat gemeint, daß das ein schöner Film war, und sie hat fast nie ne Wertung abgegeben über Filme oder so was, und ich glaub, sie hat manchmal gewußt, daß sie schon genauso weit unten war wie die Blöde im Film. Wobei ich denk, der Film meint eigentlich nur, daß man eine ficken kann, auch wenn die häßlich ist und keine Ahnung vom Leben hat außer ihrem kleinen beschränkten Lebensausschnitt, und ich meine mit Ficken nicht nur einmal durchziehen und dann tschüs, sondern ne Nummer über paar Monate hin. Wenn sich Filme manchmal lohnen, dann wegen so was, weil sie nen Kommentar geben zu was Bestimmtem, aber man darf es dann auch nur als Kommentar nehmen, sonst hätte man's lieber nicht gucken sollen.

Ich bin kein Unmensch. Ich hab mir überlegt, wenn Gisela plötzlich auf der Straße stehn würde, ohne Job und so, und sie hätte Mirko verlassen und wär einfach mies dran mit ihrem Kind, dann könnt ich mir schon vorstellen, kurz nen Job anzunehmen und ihr für ne Weile was zu borgen, so lange, bis sie es wieder geschafft hat. Im Notfall könnt ich das machen, aber das würd ich nicht machen, wenn Mirko sie rausschmeißen würde, nur wenn sie selber gehen würde, das ist klar.

Ich werd ihr natürlich nicht sagen, daß ich das machen würde wegen ihr, das wär das Dümmste, dann würde sie vielleicht am Ende noch ihren Supermarktjob hinschmeißen, wenn's nen Dummen gibt, der so was für sie macht. Da muß man aufpassen bei den Weibern, da kann man nie sicher sein, daß man sich nicht doch getäuscht hat und sie statt nem Herz nur nen Tresor haben oder so, in den sie dein Geld sperrn und dich dazu, damit sie schön abgesichert sind bis zu ihrem Tod.

Im Prinzip ist das die beste Beziehung, wo man gut fickt und wo es nicht weh tut, wenn der andre verschwindet. Es war eben nur Ficken und sonst nichts. Deshalb ist das so gut mit Gisela, weil man da keinen Schiß haben muß, daß sie mal einfach nicht mehr da ist, weil's egal wär, und außerdem ist klar, daß Gisela das nie machen würde. Dafür gefällt's ihr viel zu gut, dafür kennt sie ihren Alltag viel zu sehr, wie sie ihn früher hatte. In letzter Zeit hat sie sogar kaum noch über ihr Kind geredet. Das hab ich ihr nicht mal gesagt, das hat sie einfach so gemacht, und manchmal denk ich wirklich, sie ist klüger geworden oder so, und damit mein ich nicht nur schlauer, sondern auch die Art, wie sie in letzter Zeit redet. Sie hat mir über ihre Eltern erzählt, und zwischen ihrer Geschichte und meiner Geschichte besteht zwar ein Tag-und-Nacht-Unterschied oder so, aber irgendwie versteh ich trotzdem alles, zum Beispiel wenn ich merk, was sie für Probleme mit ihrer Mutter hat und daß sie keinen Bock mehr hat, sie zu besuchen, aber daß sie trotzdem manchmal noch den Wunsch hat und es nur nicht tut, weil sie weiß, wie es wieder werden würde. Ihre Mutter will, daß sie bei Mirko auszieht und sich nen andren nimmt, der bißchen mehr vorzuweisen hat, und am besten nen Ingenieur und Eigentumswohnung und so, und wenn sie wüßte, daß ihre Tochter sich mit einem wie mir dreimal die Woche trifft, die würde doch ausrasten und nicht mehr zurückfinden in ihr sauberes Oberstübchen.

Ihre Mutter will nur das Beste für sie, sagt Gisela, aber wenn man's genau anguckt, will sie nur, daß ihre Tochter mal das macht und hat, was sie selber nie gehabt hat und was sie selber immer wollte und unter nem guten Leben versteht, nem Leben, das von der Oberfläche her schön glänzen soll und gut zum Zeigen ist. Das will Giselas Mutter von ihr und ist böse und schüttelt den Kopf und hebt den Zeigefinger, immer wenn Gisela bei ihr zu Besuch ist. Erst recht, seit sie damals von zu Hause abgehauen ist mit dem Kleinen, und als Giselas Eltern dachten, jetzt wärn sie wie früher ne schöne Familie und die Großeltern könnten das Enkelkind erziehn wie ihre kleine Gisela früher, und Gisela ist selber wieder ein Kind, weil sie ja doch nichts geschafft hat im Leben, und dem Enkelkind soll's mal nicht genauso gehen, dafür sind jetzt Oma und Opa da.

Das hat zwar alles nicht viel mit meiner Mutter zu tun, aber daß es nur um ne Fassade geht, das ist das beschissne Selbe, und daß Gisela am liebsten eigentlich gar nicht mehr hingehn würde, weil's immer so schlimm und deprimierend ist und sie sogar oft heult hinterher, und daß sie doch hingehn will und sogar selbst manchmal findet, daß ihre Mutter recht hat, und sie am liebsten die Tochter wär, die ihre Mutter von ihr erwartet, das ist ziemlich leicht zu kapieren, auch wenn's Quatsch ist. Und schön ist es, wenn Gisela mir so was erzählt, das hat sie früher nicht gemacht, und vor allem ist es ein komisches Gefühl, nicht schlecht, wenn man gerne hört und auch versteht, was einem der andre da erzählt, und selbst wenn Gisela von ihrem Heulen nach den Besuchen erzählt, find ich das nicht bescheuert oder schwächlich oder so, sondern sie ist halt ne Frau und hat nicht gelernt als Frau, daß Heulen Quatsch ist.

Zum Beispiel bin ich heute fast vom Auto überfahren worden, ich lauf ja immer bei Rot, aber heute war's Grün, und der Wichser war auch ganz grün im Gesicht vor Wut, dabei war's Grün für mich gewesen, so wütend, daß ich gar nichts sagen konnte und lieber gleich abgehaun bin, dabei ist das Quatsch gewesen. Ich hätt ihm die Scheinwerfer eintreten sollen, Scheißautos. Es war ja ein LKW. Und der Fahrer sah aus wie ein Truckfahrer aus nem Scheißtruckerfilm, und ich hab seine Scheinwerfer lieber ganz gelassen.

Gleich danach hab ich mich eben gefragt, wer eigentlich zu meiner Beerdigung kommen würde. Meine Mutter ja wahrscheinlich nicht, und mein Vater ganz sicher nicht, nachdem ich ihn fast selber unter die Erde gelegt hätte. Und Georg würde sich denken, daß der Tod nichts ändert an Sympathie oder so und daß alles andre ne Lüge wär, und deshalb würde er nicht kommen, weil wir uns zuletzt nicht mehr besucht haben und jeweils fanden, daß der andre ein Arsch ist und im Pfefferarschland bleiben kann. Und Freunde hab ich sonst ja kaum noch, nur Gisela würde bestimmt kommen. Und vielleicht sogar der schwule Heini, aber der würde ja nicht mitkriegen, wenn ich gestorben wär.

Miri würd's auch nicht mitkriegen, aber sie würde sicherlich kommen, wenn's ihr einer sagen würde. Nur ihr würd's keiner sagen, weil ich niemand kenne, mit dem sie was zu tun gehabt hat. Verrückt, wenn ich dran denke, daß im Moment Gisela fast die einzige wär, die zu meiner Beerdigung kommen würde. Und sie würde bestimmt heulen, und das wär schon ein komisches Bild, wenn Gisela da allein am Grab stehen und mit nem Taschentuch die Tränen wegdrücken würde, und der Pfarrer oder der Grabschaufler oder weiß ich wer würden sich dann mehr um sie kümmern als um mich, weil die würden denken, die arme Ehefrau, hat nicht mal Kinder oder Freunde, die ihr beistehen, und am Ende müßte ich selber noch aus dem Grab kommen und sagen, keine Angst, sie wird's überleben, weil sie hat ja noch nen Mann und sogar 'n Kind, und sie braucht sich keine Gedanken um ihren Lebensabend machen, weil der ist garantiert gesichert mit nem Mann, der grad soviel Hirn in der Birne hat, daß er arbeiten gehn kann, aber verlassen wird er seine Frau nie, egal wie oft sie noch nen Liebhaber haben wird, und Gisela wird bestimmt noch paar Liebhaber haben.

Bei der Potzke ihrer Beerdigung war bestimmt keine

Sau. Georg, das kann ich mir nicht vorstellen. Der gibt nen Furz auf diese Zeremonien, der lacht drüber, weil sowieso alles schon vorbei ist erstens und zweitens man vorher auch nie geheult hat. Eigentlich müßte er kotzen. Und andere Verwandte hat die Potzke ja nicht, soweit ich weiß, und wie sie über ihre alten Freunde geredet hat, kommen die bestimmt nicht mehr, um sich die Urne von der alten Geiferhexe anzugucken. Weil sie wird garantiert verbrannt, das ist noch das Billigste, wobei ich nicht mal weiß, wer das bezahlt und ob's irgendein Gesetz gibt, was Georg zwingt, das zu bezahlen, obwohl er es eigentlich bescheuert findet, für den Tod auch noch Geld hinzulegen.

Alles geht irgendwann den Bach runter, und um das unten soll man sich nicht kümmern, meint Georg, und ich finde, er hat recht, wenn er zum Beispiel Tod meint, aber bei allem andern muß man gucken, ob's nicht zurückkommen kann oder so, und im Moment denk ich, warten kann nie schaden, wenn man sowieso nicht genau weiß, was man tun soll. Und ich wart einfach auf das, was kommen wird, und wenn nichts kommt, dann nehm ich halt das, was jetzt da ist, und das ist, im Ganzen besehn, genug, daß man leben kann. Und wenn man dazu noch regelmäßig einen geblasen kriegt, denkt man sowieso nicht mehr viel nach über alles, und das ist ziemlich gut.